年下の女性教官に今日も叱っていただけた
TOSHISHITANO
JOSEIKYOKAN NI KYOMO
SHIKATTE ITADAKETA
岩波　零
illust.
TwinBox

「よしよし、怖かったでちゅね～」
シエラ
「ちょっと!! レオンっちを変なプレイに巻き込まないで!!」
レオン

「レオンさんは毎日
わたしを苛つかせていますもんね」
リリア
フィオナ

「リ、リリアさん、いったい何を……!?」

「何って、レオンさんに耐性をつけさせようとしているに決まっているじゃないですか」

リリアさんは刺々しい口調で続ける。

「レオンさんが変態であることはもはや隠しようがないんですから、目を逸らさずにちゃんと見てください」

「そ、そんなことを言われても……」

と、一応遠慮している風のことを口に出しつつ、俺はリリアさんの胸元に視線を送った。真っ白なふくらみはこの上なく美しい。生きてて良かった……。

「間抜け面ですね」

リリアさんは冷たく言い捨てながらスカートのボタンに手を伸ばして外し——そのまま床に落下させてしまった。

おそらく、さっきの爆発で異常を察し、
服を着ようとしていたのだろう。
2人とも野湯の中で立ち上がっており、
月明かりによって裸体の輪郭が浮かび上がっている。
「――きゃあっ!!」
フィオナさんは俺の姿を認めるなり
両手で恥ずかしい部分を隠し、
お湯の中に身を沈めた。
「レオンっち変態!!
さっさと出てけっ!!」

CONTENTS

Toshishitano
joseikyokan ni kyomo
shikatte itadaketa

年下の女性教官に今日も叱っていただけた

TOSHISHITANO JOSEIKYOKAN NI KYOMO SHIKATTE ITADAKETA

岩波 零

illust. TwinBox

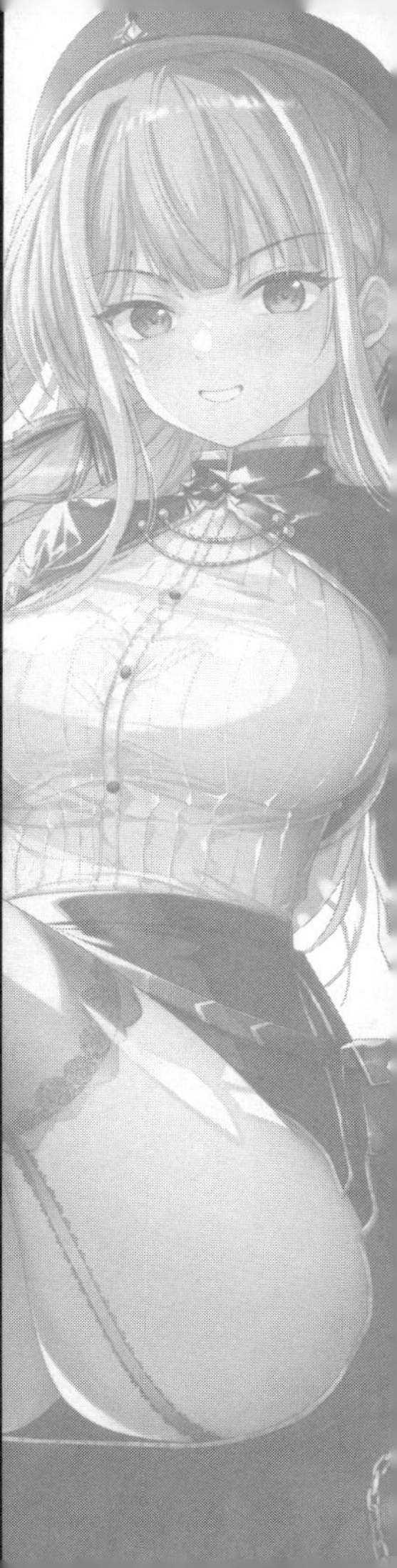

プロローグ　３人の美少女に不法侵入《しんにゅう》していただけた

勇者訓練校の寮《りょう》で熟睡《じゅくすい》していた俺は、自室のドアが開く音で夢から覚めた。

「うえ～い！　レオンっちー！　遊びに来たよー！」

まだ薄暗《うすぐら》い室内に、底抜《そこぬ》けに明るい声が響《ひび》き渡《わた》った。

直後に部屋に上がり込んできたのは、ピンク髪《がみ》の美少女——同じクラスのフィオナさんだった。

フィオナさんは勇者候補生なのに私服が大胆《だいたん》で、今もお腹《なか》を思いっきり露出《ろしゅつ》している。

「え、なんで寝《ね》てんの？　もうすぐ5時だよ？」

ベッドの横までやって来たフィオナさんが、不満そうに言った。

まるで俺が寝坊《ねぼう》しているかのような口調だが、彼女と約束の類いは一切《いっさい》していないし、午前5時前に起きている方がおかしいと思う。

俺は寝《ね》ぼけ眼《まなこ》をこすりつつ、上半身を起こした。

「こんな時間にどうしたんですか……？」

「今まで友達とオールしてたんだけど、レオンっちに会いたくなったから遊びに来た！　なんか面白《おもしろ》いことやって～！」

深夜テンションのフィオナさんが、面倒《めんどう》くさい無茶振《ぶ》りをしてきた。

「いや、急に言われても……。面白《おもしろ》いことなんかできないですから」

「は？　ノリ悪っ。冷めるんだけど」

フィオナさんの声が急に低くなり、俺を睨《にら》み付《つ》けてきた。

「てかさ、ウチに逆らっていいと思ってんの？　お風呂《ふろ》覗《のぞ》いたこと、学校で言いふらすよ？」

恐《おそ》ろしすぎることを言われ、俺はすぐさまベッドから飛び降りた。

そして思いつきで四《よ》つん這《ば》いになり、勢いに任せ、ブタのモノマネをする。

「ブヒブヒ！　ブヒィ～！」

「何それ、ぜんぜん面白《おもしろ》くないんだけど」

寝起《ねお》きの頭で精一杯《せいいっぱい》やった俺に、フィオナさんは非情な評価を下した。

「てか、なんで急にブタ？　それが面白《おもしろ》いと思ったの？」

「……すみませんでした」

「いや、謝らなくていいから。ウチはなんでブタのモノマネをしたのか教えてほしいだけ」

「そ、その……特に理由とかはなくて……。追《お》い詰《つ》められて、咄嗟《とっさ》に……」

「咄嗟《とっさ》に思《おも》い浮《う》かんだのがブタのモノマネってヤバいでしょ。頭大丈夫《だいじょうぶ》？」

「大丈夫《だいじょうぶ》じゃないです……」

「あとクオリティ低すぎだから。モノマネやるならもっと真剣《しんけん》にやらないと」

「真剣《しんけん》なブタのモノマネとは……」

「まず服を着たままやるのはおかしいよね？　ブタは全裸《ぜんら》なんだから」

フィオナさんの瞳《ひとみ》が怪《あや》しく光った。

「ってわけで、脱《ぬ》いでみよっか～！」

「いやいやいや、何を言い出すんですか」

「あれ？　レオンっち、な～んで服着てんの？　な～んで服着てんの？　脱《ぬ》ぐために着てんの！　はい脱《ぬ》いで脱《ぬ》いで脱《ぬ》いで！　脱《ぬ》いで脱《ぬ》いで脱《ぬ》いで！　脱《ぬ》いで？」

「飲み会のコールみたいに脱《ぬ》がそうとしないでください」

いくら美少女でも、朝5時に深夜テンションの対応をするのは面倒《めんどう》すぎる……。

と、そこで、部屋のドアがノックなしで開かれた。

現れたのは長い金髪《きんぱつ》の美少女――クラス委員長のシエラさんだった。モコモコのパジャマ姿で、とんでもなく可愛《かわい》い。

シエラさんは室内にフィオナさんがいるのを認めた瞬間《しゅんかん》、悲鳴に近い声を出す。

「話し声が聞こえたから様子を見に来たら――」

シエラさんは言葉を区切り、駆《か》け寄《よ》ってきてフィオナさんを睨《にら》みつけた。

「私のレオンちゃんと何をしていたんですか！」

「レオンっちをブタにするために全裸《ぜんら》にしようとしてた」

「本当に何をしていたんですか⁉」

シエラさんは絶叫《ぜっきょう》しつつ俺の頭部を両手で摑《つか》み、自分の胸に押しつける。

おでこが2つのやわらかい球体に包み込まれた。思わず全神経を触覚《しょっかく》に集中させる。

幸せだ……‼

しかし、抱《だ》きしめる力が強すぎて、鼻と口が圧迫《あっぱく》されている。美少女のおっぱいを堪能《たんのう》する代償《だいしょう》として、呼吸を諦《あきら》めなければならないわけだ。

シエラさんはそうとは知らず、俺の後頭部を何度も優《やさ》しくなでる。

「よしよし、怖《こわ》かったでちゅね～。でももう大丈夫《だいじょうぶ》、ママが守ってあげまちゅよ～」

シエラさんは赤ちゃん言葉で俺を慰《なぐさ》めてくれた。ちなみに彼女はただのクラスメイトであり、俺の母親ではないばかりか、血の繫《つな》がりさえ存在しない。

とはいえシエラさんのような美少女とくっつけるチャンスは少ないので、俺は赤ちゃん扱《あつか》いされることを受け入れ、しばし抱《だ》き枕《まくら》になる。

――だが、さすがに息が限界になってきた。

「シエラさん、もう大丈夫《だいじょうぶ》です。ありがとうございました」

俺はお礼を言いつつ拘束《こうそく》から逃《のが》れようとした。しかし――

な？」

「『もう大丈夫《だいじょうぶ》』……？　それは、私は不要だということ？　独り立ちしたいってことなのかな？」

シエラさんは急に真顔になり、返答を求めてきた。

「レオンちゃん。あなたにとって私は何なの？」

「それは……優《やさ》しくしてくれるクラスメイト――」

「違《ちが》うでしょ!!」

シエラさんは悲鳴に近い声を出し、また俺の頭を胸に押しつけた。

「どうして忘れちゃったの⁉　私はレオンちゃんのママなんだよ⁉」

「そ、そうです。シエラさんはママで、俺は子どもです」

「ただの子どもじゃないでしょ⁉」

「……はい、無力な赤ちゃんです」

「具体的には⁉　なんちゃいなの⁉」

「……何年生きてるか数えられない赤ちゃんです」

「可愛《かわい》い!!　そうなの!!　レオンちゃんは私がいないと何もできない無力な赤《あか》ん坊《ぼう》!!　大丈夫《だいじょうぶ》なんてことはないの!!」

シエラさんは絶叫《ぜっきょう》しつつ、豊満な胸の谷間に俺の顔をグリグリ押しつける。

暴走した母性は、もはや暴力だ。

でもおっぱいが最高だから、すべてを許せる。

「ちょっと‼　レオンっちを変なプレイに巻き込まないで‼」

至福の感触《かんしょく》を楽しんでいると、フィオナさんが悲鳴に近い声を出した。

直後に俺は首根っこを摑《つか》まれ、背後に引っ張られる。

しかし、シエラさんも負けてはいない。引《ひ》き離《はな》された俺の顔面に、すぐさま飛びついてきた。

「変なプレイじゃありません！　親子のふれあいです！」

「いやいやいや！　レオンっちといいんちょは赤の他人っしょ！」

「違《ちが》います！　レオンちゃんは私がお腹《なか》を痛めずに産んだ子です！」

「そんな出産あるわけないでしょ！　そもそも、同年代の男子を自分の赤ちゃん扱《あつか》いして、何が楽しいわけ？　レオンっちはいいんちょのおっぱいに顔をうずめて喜んでる変態だよ！」

「変態じゃありません！　赤ちゃんがママのおっぱいに惹《ひ》かれるのは普通《ふつう》のことです！」

シエラさんは純真な口調で弁解してくれたが、俺は彼女のことを母親だとは思っていないし、完全に性的な目で見ている。

「そ、そうですよフィオナさん。俺は子どもとして至極《しごく》まっとうなことをしているだけで、変態じゃありません」

「変態は黙《だま》ってて」

シエラさんと睨《にら》み合《あ》っているフィオナさんが、体温のない声音《こわね》で言い捨てた。

——と、そこで、またしてもノックなしで部屋のドアが開かれた。

現れたのは、紺色《こんいろ》を基調とした教官服に身を包んだ銀髪《ぎんぱつ》の美少女——リリアさんだった。

リリアさんは17歳という若さでこの学校の教官になった秀才《しゅうさい》であり、俺たちのクラスの担任でもある。

「男子寮《りょう》から女性の声が聞こえてきて、どうせレオンさんの部屋だろうと思って来てみたら、案の定……」

青筋を立てたリリアさんは、冷酷《れいこく》に言い放つ。

「全員腕立《うでた》て100回」

こうして俺たち3人はうつ伏《ぶ》せになり、与《あた》えられた罰《ばつ》を遂行《すいこう》し始めた。

「ううっ……なんでウチがこんな目に……!!」

フィオナさんが悔《くや》しそうにつぶやいたが、この人がすべての元凶《げんきょう》なので、同情の余地はない。

「レオンちゃん……ママが守ってあげられなくてごめんね……」

隣《となり》で腕立《うでた》て伏《ふ》せをするシエラさんが謝ってきた。

「この程度の罰《ばつ》は毎日受けているので、気にしないでください」

「そうですね。レオンさんは毎日わたしを苛《いら》つかせていますもんね」

リリアさんは怒気《どき》を含《ふく》んだ声音《こわね》で言い、右脚《みぎあし》を俺の背中に乗せて体重をかけてきた。ブーツの踵《かかと》が筋肉に食《く》い込み、心地《ここち》よい痛みを感じる。

「少し罰《ばつ》をハードにしましょう。もっとも、わたし程度の体重では、大した負荷《ふか》にはならないですが――」

「リリア先生！　レオンちゃんを踏《ふ》まないでください！」

「却下《きゃっか》。これも指導の一環《いっかん》です」

「でも――」

「いいんちょ、気にすることないよ。レオンっちはリリアせんせーに踏《ふ》んでもらって喜んでる変態だし」

「お、俺は変態じゃないですって……！」

腕立《うでた》て伏《ふ》せを続けながら否定したが、真横にいるフィオナさんはジト目を向けてくる。

「せんせーに踏《ふ》まれながらそんな気色悪い笑《え》みを浮《う》かべておいて、よくそんなことが言えるね」

「…………」

リリアさんに踏《ふ》まれて喜んでいるわけでは……。

ち、違《ちが》うんだ。これは表情筋が誤作動を起こして口角が上がっているだけで、決して俺はリリアさんに踏《ふ》まれて喜んでいるわけでは……。

しかし、こんなメチャクチャな状況《じょうきょう》であっても、3人の美少女に囲まれていれば、多少の喜びを覚えてしまうのが男というものだ。特に俺のような、女性と縁《えん》のない生活を送ってきた男は……。

この嬉《うれ》しい悲鳴を上げたくなるような日々は、１週間ほど前に急に始まった。そのキッカケは、森の中でリリアさんと出会ったことだった――

第1話　年下の女性教官に命令していただけた

夜が明けて東の空が白み始める中、鬱蒼《うっそう》とした森の中をひたすら走る。追っ手の気配はないが、足を止めるのが恐《おそ》ろしかった。

今から2時間ほど前、俺は幼い頃《ころ》から所属していた組織を抜《ぬ》けた。粗暴《そぼう》な男だらけの集団で、理屈《りくつ》が通じず、すべてを腕力《わんりょく》と根性《こんじょう》で解決しようとするヤツらだった。

捨て子だった俺を18年間育ててくれたことには感謝しているが、あんな場所に未来はないと思い、行動を起こしたのだ。

もし連れ戻《もど》されたら、どんな目に遭《あ》うかわからない。だからギリギリまで脱走《だっそう》を察知されないよう、金も荷物もすべて置いてきた。持ち出せたのは今着ている服と、愛刀1本だけだ。

しかし俺には、これまでに培《つちか》った魔物《まもの》狩《が》りの技術がある。ちゃんと働けば、野垂れ死ぬことはないだろう。

一文無しでも関係ない。今日から俺は誰《だれ》の命令も受けず、誰《だれ》かの顔色を窺《うかが》うこともなく、自由に生きるんだ——

「ガアアアア!!」

突然《とつぜん》、すぐ近くでドラゴンの咆吼《ほうこう》が聞こえた。その音圧で木々が揺《ゆ》れる。かなりの大物のようだ。

ドラゴンの死体は高く売れる。上手《うま》く狩《か》れれば、1ヶ月は食事に困らないだろう。

すぐさま手近な大木に登り、雄叫《おたけ》びが上がった方向を確認《かくにん》する。

木々の合間に、赤茶色の鱗《うろこ》が見える。火竜《かりゅう》だ。体長は10メートル程度。俺1人でも狩《か》れそうだ。

呼吸を整えつつ抜刀《ばっとう》し、チャンスを待つ。

ドラゴンはいつも仲間数人と狩《か》っていた相手だが、恐怖《きょうふ》は感じない。どうせ俺はいつも一番危険な役回りをさせられていたのだ。取り分は一番少なかったのに――

などと不満を考えている最中、ドラゴンの足元に、帽子《ぼうし》を被《かぶ》った銀髪《ぎんぱつ》の女性がいることに気がついた。

ドラゴンは今にも噛《か》み付《つ》かんと女性を見下ろしている。その巨体《きょたい》と比べ、1人で剣《けん》を構える女性はあまりに矮小《わいしょう》で――

考えるよりも早く、俺は枝を蹴《け》った。

鋼鉄製のグリップを握《にぎ》り締《し》め、体を縦回転させつつ墜《お》ちていく。

ドラゴンは殺気を感じ取ったらしく、その鋭《するど》い瞳《ひとみ》をこちらに向けようとした。

——遅《おそ》い。殺《や》れる。

確信した俺は勢いを殺すことなく刀を振《ふ》るい、無防備な長い首を一刀両断した。

ドラゴンは火焔《かえん》を吐《は》こうとしたのか、口を開けたまま地面に墜《お》ちていく。すでに絶命したようだ。

俺は空中で体勢を立て直し、何とか両脚《りょうあし》で着地した。

「すごい……！　一撃《いちげき》で……！」

銀髪《ぎんぱつ》の女性が感嘆《かんたん》の声を上げ、俺に熱視線を向けてきた。

ドラゴンに襲《おそ》われていた女性は、近くで見ると、ものすごい美人だった。

思わず顔を背《そむ》け、刀身に付いた血を服で拭《ぬぐ》ったりしてみる。

一瞬《いっしゅん》しか見られなかったが、大きな目、長いまつげ、高い鼻、ぷっくりした唇《くちびる》と、顔面は完《かん》璧《ぺき》だった。

そんな美少女が、俺に注目してくれている。

もしや、俺が命の恩人だと思って、惚《ほ》れてしまったとか……？

ずっと男だけの環境《かんきょう》で生きてきた俺は、これまで若い女性と関わることがほとんどなかった。

要するに、まったく免疫《めんえき》がないのである。

もちろん、異性に対する興味はある。仲間たちに大人のお店に誘《さそ》われ、興味をそそられたこともあった。

しかし、結局は生態が謎《なぞ》すぎるという恐怖《きょうふ》が先に立ち、毎回断っていた。

だが——くり返しになるが、興味はある。

などと考えていた刹那《せつな》、視界の端《はし》で黒い何かが動いた。

フード付きコートで鼻より上を隠《かく》した人物が、どこかへ走り去っていったのだ。

「——あの、あなたの強さを見込んでお願いがあります。今の黒いコートの人を一緒《いっしょ》に追いかけてもらえませんか？　ドラゴンを操《あやつ》って村を襲《おそ》った、人型の魔物《まもの》なんです」

美少女は俺に一歩近づき、懇願《こんがん》してきた。

まさかこんな美しい女性に、共同作業をお願いされる日が来ようとは……‼

ぜひともご一緒《いっしょ》してお近づきになって、いずれ恋仲《こいなか》になれるよう全力を尽《つ》くしたい……‼

嗚呼《ああ》、今日は人生最良の日だ……‼　組織を抜《ぬ》けるという決断をして、本当に良かった……‼

——しかし。

「……お、俺１人で片付けてきてやる」

目を合わせずにそう答えると、視界の片隅《かたすみ》で美少女が困惑《こんわく》したのが見えた。

「えっ、でも——」

「君は邪魔《じやま》だから、安全な場所で待っていろ」

吐《は》き捨《す》てるように言い、返事を待たずに駆《か》け出《だ》した。

こんなチャンスを棒に振《ふ》るなんて、我ながら何をしているんだと思う。

だが、あの美少女が至近距離《きより》にいると緊張《きんちよう》で手が震《ふる》え、他のことを考えられなくなる。共同戦線を張ったところで、実力の1パーセントも発揮できないだろう。

ドラゴン使いを追いかけながら、「君は邪魔《じやま》だから」という言い方はさすがにキツすぎたと自己嫌悪《けんお》に陥《おちい》った。

とはいえ本当のことを言うのは恥《は》ずかしいし、上手《うま》くごまかすのも無理だった。

もはや、あの子と恋仲《こいなか》になることは難しいだろう……。もう嫌《いや》だ……死にたい……。

いやでも、ドラゴン使いを倒《たお》したらワンチャンあるかも……？

いやいや、そんな都合のいいことがあるわけないよな……。

なんてことをぐるぐる考えつつ疾《しつ》駆していると、前方にドラゴン使いを発見した。

あいつさえいなければ、命を救ったことを感謝されて、いい感じになったかもしれないのに
——

一気に距離《きより》を詰《つ》め、絶叫《ぜつきよう》しながら刀を振《ふ》るう。

「全部お前のせいだ‼」

しかしドラゴン使いはギリギリ刀を躱《かわ》し、フードが引《ひ》き裂《さ》かれた。

俺は軽く刀を引き、追撃《ついげき》を放とうとする。

――だが直後、体が硬直《こうちょく》した。

フードが破れて現れたドラゴン使いの素顔《すがお》が、ものすごく美しかったのだ。

その美貌《びぼう》に、思わず目を奪《うば》われる。

人型の魔物《まもの》と聞いて勝手に男を想像していたが、まさかモン娘《むすめ》だったとは――

困惑《こんわく》する俺の眼前で、ドラゴン使いは破れたコートを脱《ぬ》ぎ捨《す》てる。

その瞬間《しゅんかん》、稲妻《いなずま》に打たれたような感覚を覚えた。

コートの下に着ていたのは黒いビキニのみで、とんでもない露出《ろしゅつ》度だったのだ。

ドラゴン使いの肉体は、２本の角が生えていること以外は人間の女性と大差ないように見える。

もっとも、ビキニ姿の女性を生で見たことがないので、俺の真贋《しんがん》を見分ける目に信頼《しんらい》性はないわけだが……。

などと考えつつ、魅惑《みわく》的なボディを注視する。もはや俺はこの美女を、討伐《とうばつ》対象として見られなくなっていた。

「――あらあら、可愛《かわい》い坊《ぼう》やだこと」

ドラゴン使いが妖艶《ようえん》な笑《え》みを浮《う》かべる。その目つきから明確な殺意を感じ取り、身構えようとしたが――体が動かない。

「無駄《むだ》よ。アタシに見惚《みと》れた男は、全員催眠《さいみん》の餌食《えじき》になっちゃうの」

その言葉を聞いた直後、激しい睡魔《すいま》に襲《おそ》われた。瞼《まぶた》が鉛《なまり》のように重くなり、意識を失いそうになる。

何とか両目を見開こうとするが、段々と視界が狭窄《きょうさく》していく。

最後に見えたものは、ドラゴン使いの豊満な胸の谷間だった。

「おやすみなさい——永遠に」

意識がブラックアウトしていく中、一度くらい女性の胸に触《さわ》ってみたかったと後悔《こうかい》する。

こんなことなら、大人のお店に行っておけば良かった……。

S S S

「——起きてください。……起きなさい。……起きろ！」

甲高《かんだか》い声が聞こえた直後、右側頭部に衝撃《しょうげき》を受けて意識を取《と》り戻《もど》した。

目を開けると、さっきの森の中だった。先ほどドラゴンと対峙《たいじ》していた美少女が、仰向《あおむ》けで寝《ね》ている俺を睨《にら》んでいる。

死を覚悟《かくご》して意識を失ったわけだが、まだ命はあるようだ。おそらく、助けてもらったのだろう。

「──わたしに『君は邪魔《じゃま》だから』と言っておいてすぐにやられるって、バカなんですか？」

目が合った瞬間《しゅんかん》にキレられた。

こういう時の第一声って相場は「大丈夫《だいじょうぶ》ですか？」とか、「気分はどうですか？」とかじゃない……？

「そもそも、一発で動けなくなるレベルの催眠《さいみん》にかかるって、どれだけエロいことで頭がいっぱいなんですか。気絶している間ずっと気色悪い笑《え》みを浮《う》かべていましたし」

「すみません……」

謝意を述べつつ目を逸《そ》らした。美少女が文句を言いながら距離《きより》を詰《つ》めてきたので、美しすぎる顔の圧力に耐《た》えられなくなったのだ。

「あなたを助けることを優先したせいで、ドラゴン使いを取《と》り逃《に》がしたんですからね？　素敵《すてき》に3日もかかったのに、どうしてくれるんですか」

美少女の愚痴《ぐち》が止まらない。しかし俺は彼女が至近距離《きょり》で話しているという事実が嬉《うれ》しすぎて、叱《しか》られているにも拘《かか》わらずニヤけてしまう。

「なんでそっぽを向いてニヤニヤしているんですか。わたしみたいな小娘《こむすめ》の話は聞く必要がないと思っているんですか？」

「い、いや、そういうわけではなく──」

「じゃあ、わたしの目を見なさい」

「………」

命令されたので、美少女の方に視線を向けた。

だがすぐに耐《た》えられなくなって顔を背《そむ》ける。

ダメだ。可愛《かわい》すぎて直視できない。

「……もしかして、目を合わせないのは反発心じゃなくて、単に照れているだけだったりします……？」

俺の反応がおかしいことで察したらしく、半信半疑といった口調で問いかけてきた。

「い、いえ、そんなことはないです……」

女性が苦手だというのは恥《は》ずかしいのでごまかそうとしたが、美少女は確証を得てしまったらしく、ニヤリと笑った。

「あの魅了《みりょう》耐性《たいせい》のなさは異常だと思いましたが、なるほど、女性が苦手なんですね。ふ〜ん、そうですか〜」

美少女は断定的な口調で言い、邪悪《じゃあく》な笑《え》みを浮《う》かべた。

俺はこれに似た表情を何度も見たことがある。性格が悪い先輩《せんぱい》が新しい拷問《ごうもん》を思いつき、ゆっくり近づいてくる時にしている笑い方だった。

「ご、誤解です。急用を思い出したので、俺はこれにて」

上擦《うわず》った声で一方的に告げて逃《に》げようとしたが、右手を掴《つか》まれて阻止《そし》された。

その瞬間《しゅんかん》、全身に電撃《でんげき》が走ったような感覚を覚えた。

……女の子の手、やわらかい……!!

こんな可愛《かわい》い子に手を握《にぎ》ってもらえる日が来るなんて……!!

「話はまだ終わっていません。――あと、手が触《ふ》れたくらいでニヤけすぎです。どれだけ耐性《たいせい》がないんですか」

美少女は素早《すばや》く手を離《はな》し、呆《あき》れたように言った。

「す、すみません……」

「あなた、冒険者《ぼうけんしゃ》ですよね？　他に仲間はいないんですか？」

「……事情があって、数時間前に1人になりました」

「なるほど。パーティを組む予定は？」

「ないです……1人でも大丈夫《だいじょうぶ》かと思って……」

「たしかにドラゴンを倒《たお》したのはすごかったですが、1人で冒険《ぼうけん》を続けるなら、女性への耐性《たいせい》をつけないと死にますよ。人間の男を魅了《みりょう》するように進化したモン娘《むすめ》は、そこら中にいるんですから」

「……気をつけます」

「気をつけて何とかなるレベルじゃないと思いますが」

一向に目が合わない俺に、美少女はジト目を向けてくる。

かと思うと、彼女は唇《くちびる》に人差し指を当て、何かを思案するような表情になった。考えごとをする顔も美しいな……。

「ドラゴンを単独狩猟《しゅりょう》できる逸材《いつざい》を、みすみす死なせるわけにはいきません。わたしが面倒《めんどう》を見てあげましょう」

「えっ……？」

「わたしは勇者訓練校で教官をしているので、編入してください」

「訓練校……」

反射的に、組織で味わった地獄《じごく》の日々を思い出した。

訓練とは名ばかりの拷問《ごうもん》。連帯責任という理不尽《りふじん》によって受ける罰《ばつ》。気絶するまで止まらない暴力。精神を極限まで追《お》い詰《つ》める罵詈《ばり》雑言……。

訓練なんてまっぴらだ。二度とあんな目には遭《あ》いたくない。

「えっと……すみませんが、厳しいトレーニングをするのは避《さ》けたいというか……」

「心配無用です。授業内容は生徒の実力に合わせたものにカスタマイズされるので、本人のペースで成長していけます」

「いやでも、俺は1人の方が気楽なので――」

「ですから、それだと命の危険があると言っているんです。またモン娘《むす》に魅《み》了《りょう》されたら終わりですよ」

「それはそうなんですが、俺は一文無しで、学費を払《はら》う余裕《よゆう》は──」

「さっき狩《か》ったドラゴンの死体を換金《かんきん》すれば、学費は賄《まかな》えます。それに、入学すれば制服と食事と寮《りょう》の部屋が支給されるので、生活に困ることはありません」

「……魅力《みりょく》的な提案ですが、共同生活は苦手なので──」

「ああもう！　面倒《めんどう》くさいですね！」

美少女は怒号《どごう》を上げながら抜剣《ばっけん》し、俺の首元に突《つ》きつけてきた。

「わたしが助けなければ、あなたは死んでいたんですよ！　つまり、あなたの命はわたしのものです！　命令に背《そむ》くことは許しません！」

「──わかりました」

考えるより先に服従した。

ただの恐喝《きょうかつ》だし、強引《ごういん》すぎる理屈《りくつ》だが、俺の本能が屈服《くっぷく》することを選んだのだ。

しかし美少女は疑わしそうな目つきのまま、鋭《するど》い剣先《けんさき》で俺の喉《のど》を撫《な》でる。

「従《ふ》う振りをして逃《に》げたら、地獄《じごく》の果てまで追いかけて殺しますからね？」

「神に誓《ちか》って逃《に》げません」

「よろしい。今後も肯定《こうてい》以外の返事はしないようにしてください」

美少女は満足げに言い、ゆっくり納剣《のうけん》した。

「ところであなた、名前と年齢《ねんれい》は？」

「レオン、18歳です」

「そうですか。わたしはリリア、17歳です」

「えっ、17歳で教官をしているんですか？」

「そうです。わたしは天才なので」

リリアさんは得意げに胸を張った。自信満々な表情も、ものすごく可愛《かわい》かった。

S　S　S

その後、リリアさんに見張られながらドラゴンの死体のところに戻《もど》ったのだが、巨大《きょだい》すぎて1人では運べないことに気がついた。いつも組織が所有する荷馬車で運んでいたので、そんな当たり前のことに気づかなかったのだ。

「いったん町へ行き、買取業者に馬車を手配してもらいましょう」

「えっ、それだと手数料を取られますよね？　俺たちでも持てる重さになるよう解体して、町まで何往復かすればいいのでは？」

「わたしにそんな重労働を手伝えと？」

「……解体も運搬《うんぱん》も俺1人でやります。半日あれば終わると思うので」

「わたしを半日も待たせると？」

「そ――」

「黙《だま》りなさい」

まだ1文字しか発していないのに、有無《うむ》を言わさぬ口調で命じられた。

「わたし、裁縫《さいほう》も得意なんです。上下の唇《くちびる》を縫《ぬ》い合《あ》わせて、二度と口答えできないようにしましょうか？」

「――すみませんでした」

こうして俺はリリアさんに付き従い、一番近い町に向かって歩き出した。

町へ向かう道中でリリアさんから説明されたのだが、勇者訓練校とはその名の通り勇者――魔王《まおう》を倒《たお》す者の育成を目的とした施設《しせつ》らしい。強大な魔物《まもの》との闘《たたか》い方を学ぶだけでなく、魔法《まほう》や薬草や罠《わな》などについての知識も身につけるそうだ。

勇者訓練校は16歳から入学試験を受けられ、卒業までは平均7年かかるらしい。とはいえ課題をクリアできなければいつまでも進級できないし、逆に優秀《ゆうしゅう》だと飛び級で卒業することも可能。リリアさんはたった1年で卒業を決め、そのまま教官試験を受けて史上最年少で合格したそうだ。

「となると俺もその入学試験を受けるんですよね？　実技はともかく、薬草とかの知識は皆無《かいむ》なので、受かる気がしないんですが――」

「入試を受ける必要はありません。わたしの独断で入学を許可します」

「そういう枠《わく》があるんです。レオンさんの戦闘力《せんとう》はわたしと同等以上なんですから、学科で落とすなんていう機会損失はしません」

「な、なるほど」

「わざと落ちようと思ったんでしょうけど、逃《に》がしませんよ」

「い、いやいや、逃《に》げるなんてそんな……」

「ならいいですけど、命が惜《お》しかったら、わたしを出《だ》し抜《ぬ》こうとしないことですね」

リリアさんはそう言って睨《にら》んできた。

鋭《するど》い眼光に射竦《いすく》められ、全身に電気が走るような感覚を覚えた。

今日まで経験したことがなかったこの感覚は、いったい何なんだろうか……。

その後、町に到着《とうちゃく》して魔物《まもの》の買取業者を訪ね、ドラゴンの死体を回収してもらったところ、成人男性の給料3ヶ月分くらいのお金が手に入った……のだが。

「あなたが逃《に》げないよう、このお金はわたしが管理します」

受け取った金貨は、すべてリリアさんに没収《ぼっしゅう》されてしまった。

「それはさすがに横暴――」

「唇《くちびる》を縫《ぬ》い付《つ》けられたいんですか？」

「――っ‼」

俺が慌《あわ》てて黙《だま》り込んだのを見て、リリアさんは勝《か》ち誇《ほこ》ったように微笑《ほほえ》んだ。

「1年分の学費は払《はら》っておきますので、衣食住の心配はありません。もしその他に必要な物がある時は、その都度わたしに言ってください。妥当《だとう》だと判断した時のみ、お金を支給します」

リリアさんは勝手に決め、どこかへ歩き出してしまった。

しかし、なぜか悪い気はしない。むしろ、リリアさんの笑顔《えがお》を見られて、得したとまで感じてしまっている。これが美少女の力か……。

S　S　S

その後、俺たちは6時間ほど馬車に揺《ゆ》られ、勇者訓練校に到着《とうちゃく》した。

辺りはすっかり夜になっていて、校舎はよく見えない。

「レオンさんには男子寮《りょう》を使ってもらうんですが、今から部屋を用意するのは無理なので、今夜はわたしの部屋で寝《ね》てください。使っていないベッドがあるので」

「――えっ!?」

今、信じられないことを言われたような……？　俺にとって都合が良すぎる幻聴《げんちょう》かな……？

「い、いいんですか……？　俺、野宿でも大丈夫《だいじょうぶ》ですけど……？」

「今日中に書いてもらわなければならない書類が大量にありますし、制服などの準備もしなければなりません。同じ部屋にいてもらった方が効率的です」

「な、なるほど……!!」

効率のためならリリアさんの部屋に入れてもらえるのか。効率って最高だな。

こうして教員用の寮《りょう》に案内され、リリアさんの部屋に足を踏《ふ》み入《い》れることになった。

入った瞬間《しゅんかん》、甘い匂《にお》いが漂《ただよ》ってきた。これが女性の部屋の匂《にお》いか……!!　鼻から肺までのすべての臓器が幸せだ……!!

「とりあえずサイズが合いそうな制服を見繕《みつくろ》ってきたので、着てみてください。着替《きが》えている間にわたしは書類を取ってきます」

リリアさんはすぐに部屋を出て行き、俺は1人残された。

目の前にはリリアさんのタンスがある。

もしかして、この中にはリリアさんの下着が……？

いや、ダメだダメだ。そんなことをしていいわけがない。

……でも、ちょっと見るだけなら……。

そう思い、タンスに手を伸《の》ばした瞬間《しゅんかん》、勢いよくドアが開いた。

「──レオンさん。今すぐ外に出てください」

どうやら、俺の行動は読まれていたようだ。

俺は廊下《ろうか》に追い出され、固い床《ゆか》に正座させられる。

「全女性の仇敵《きゆうてき》。汚《きたな》らしいゴミ。生きている価値のないクズ。気色悪い変態。他人の気持ちを考えられない犯罪者。生まれてこない方が良かった害虫以下の存在。それがレオンさんだと自覚してください」

リリアさんは恐《おそ》ろしい目つきで俺を見下ろし、早口で罵倒《ばとう》してきた。

しかし、ほんの出来心だったとはいえ、犯罪に手を染めかけたのは事実である。反論はできない。

しばらく罵詈《ばり》雑言に耐《た》えていると、リリアさんは気が済んだらしく、厳重に部屋の鍵《かぎ》をかけてから書類を取りに行った。

俺はその場で制服に着替《きが》え、再び正座してリリアさんの帰りを待つ。

やがて戻《もど》ってきたリリアさんは、俺の制服姿を見て満足そうに頷《うなず》いた。

「サイズは良さそうですね。ではこれらの書類を全部読んで必要事項《じこう》を記入した後、そのまま廊下《ろうか》で寝《ね》てください」

「えっ、屋根があるところにいてもいいんですか？　てっきり寮《りよう》の外に出されるものだと」

「自分の罪の重さを自覚しているようで良かったです。ではまた明日」

リリアさんは鋭《するど》く言い、勢いよく部屋のドアを閉めたのだった。

第2話　勇者訓練校でも折檻《せっかん》していただけた

翌朝。目を覚まして外に出ると、そこには豪壮な建物がそびえ立っていた。広大な敷地《しきち》内に木と石で造られた建物がいくつもあり、その壁面《へきめん》には荘厳《そうごん》なレリーフが刻まれている。周囲には青々とした森が広がっており、空気が澄《す》んでいて心地《ここち》よい。

これが勇者訓練校か――

「おはようございます」

いつの間にか背後に立っていたリリアさんに呼びかけられた。

「1時間後には授業が始まるので、それまでに朝食を済ませておく必要があります。食堂に行きましょう」

リリアさんはそう言って、返事を待たずに歩き出した。そして石畳《いしだたみ》の先にある、ひときわ巨《きょ》大《だい》な建物に入っていく。

俺も続いて食堂に足を踏《ふ》み入《い》れた瞬間《しゅんかん》、ここは楽園かと思った。建物内にはたくさんの学生がいたのだが、半数が女性だったのだ。

みんな可愛《かわい》くて、刺激《しげき》が強すぎる。

思わず目を伏《ふ》せたが、そうするとミニスカートから飛び出したたくさんの美脚《びきゃく》が視界に入った。

眼福すぎる。誰《だれ》でもいいからお付き合いしたい。

「ニヤニヤしていないで、食事を取りにいきなさい」

リリアさんにふくらはぎを蹴《け》られた。心を読まれたようだ。

すれ違《ちが》う女性たちに目を奪《うば》われつつ進み、食堂の中央に到達《とうたつ》した。そこには多種多様な食事が所狭《ところせま》しと並んでいる。

「これ、全部食べていいんですか？」

「バイキングなんですから、当然です」

「お金は……？」

「学園関係者ならどれだけ食べても無料です」

「天国ですか？」

たくさんの女性を眺《なが》めながら豪華《ごうか》な食事を取れるなんて、24時間前には想像すらできなかった状況《じょうきょう》だ。

組織では穴蔵《あなぐら》に男どもが集まり、臭《くさ》い魔物《まもの》の肉や、腐《くさ》りかけの野菜ばかり食べさせられていたからな。

本当に逃《に》げ出《だ》して良かった……!!

木製のトレイと皿を手に取ったものの、あまりの品数の多さに目移りしていると、1人の女子生徒がリリアさんに話しかけた。

「リリア先生、おはようございます。そちらの方が転入生ですか？」

その女性は、食堂内にいる女性たちの中でも一際《ひときわ》美しかった。しかも俺と目が合った瞬間《しゅんかん》、やわらかい笑《え》みを浮《う》かべてくれた。

神々《こうごう》しすぎて直視できず、すぐに目を伏《ふ》せる。

「はい、今日から転入するレオンさんです。戦闘《せんとう》力だけならわたしにも引けを取りません」

「リリア先生がそこまで言うなんて、すごいですね……」

「ちょうどいいので、紹介《しょうかい》しておきましょう。レオンさん、こちらはクラス委員長のシエラさんです。挨拶《あいさつ》してください」

リリアさんから促《うなが》されたが、あまりに眩《まぶ》しすぎて、顔を上げられない。

「え……えと……よろしくお願いします……」

うつむいたままそう絞《しぼ》り出《だ》すのが精一杯《せいいっぱい》だった。リリアさんは呆《あき》れ顔《がお》になる。

「レオンさん、声が小さいです。モゴモゴ言ってないで、ちゃんと相手の目を見て、ハキハキ話してください」

「リリア先生、いいんですよ」

シエラさんはなだめるように言った後、また俺に笑顔《えがお》を向けてくれた。

「転入初日ですから、緊張《きんちょう》するのは当然です。気にしないでくださいね」

「……女神《めがみ》だ……!!」

美少女で気遣《きづか》いができるなんて最高だ。最初に知り合ったのがリリアさんだったせいで、美少女は全員口調がキツい生き物だと思っていたが――

「何か失礼なことを考えていませんか？」

思わずニヤニヤしていたら、リリアさんに睨《にら》まれた。笑顔《えがお》を消して再び下を向く。

「リリア先生、威圧《いあつ》しないでください。……えっと、私はクラス委員長のシエラと申します。もし何か困ったことがあれば、遠慮《えんりょ》なく相談してくださいね」

「天使……!!」

「レオンさん、いちいちデレデレしないでください。授業まで時間がないんですから、早く朝食を取りますよ」

リリアさんは苛立《いらだ》たしげに言い放った。俺は慌《あわ》てて料理の前に移動する。

本当はじっくり選びたいところだが、時間をかけるとまたどやされそうなので、目についた肉を片《かた》っ端《ぱし》から手《て》摑《づか》みで取っていく。

「こらっ!!」

リリアさんに後頭部を殴《なぐ》られた。

「ちゃんと箸《はし》を使って取りなさい」

リリアさんは怒《おこ》りながら、細い2本の棒を差し出してきた。

「箸《はし》……そういう食器があるって聞いたことがあります。これがそうなんですか……」

俺がつぶやくと、リリアさんは驚《おどろ》いたようだ。

「箸《はし》を知らないって、原始人ですか？」

「リリア先生、文化の違《ちが》いに対して、そういう言い方は良くないと思います」

シエラさんはリリアさんをたしなめた後、俺の方に向き直った。

「箸《はし》は慣れるまでは大変だと思いますが、便利なので使ってみてください」

「どうやって使うんですか？」

「こういう風に指で挟《はさ》んで動かして、食べ物をつまみ取るんです」

「なるほど……難しそうですね……」

「じゃあ、慣れるまで私がかわりに料理を取ってあげますね。どれが食べたいか言ってください」

「慈愛《じあい》の女神《めがみ》……!!」

思わず賞賛すると、リリアさんが睨《にら》んできた。

「シエラさん、わたしは仕事があるので、レオンさんの世話をお願いしてもいいですか？」

「わかりました。お任せください」

シエラさんはそう言って、豊満な胸を張った。すごい迫力《はくりょく》である。

一方、リリアさんはサンドイッチをぱくつきながら食堂を出ていった。

その後、シエラさんに料理選びを手伝ってもらったのだが――

「お肉ばかり食べていると栄養が偏《かたよ》りますよ。お魚やお野菜も食べましょう」

と言われ、チョイスを任せたら、まるで芸術品のような鮮《あざ》やかな食事が完成した。俺1人で選んでいたら、肉料理だけの茶色い皿になっていたことだろう。

さらに、シエラさんは俺と同じテーブルに座り、箸《はし》の持ち方をレクチャーしてくれた。

俺が何回食べ物を落としても、根気強く付き合ってくれる。

しかし、俺がいつまでも上達しないせいで、食事は遅々《ちち》として進まない。

「すみません、練習に付き合わせてしまって……」

「気にしなくていいんですよ。誰《だれ》にでも初めてはあるんですから」

「無垢《むく》の天使……!!」

「それに、こうしていると、弟に箸《はし》の使い方を教えたことを思い出します」

シエラさんは澄《す》み渡《わた》る青空のような笑《え》みを浮《う》かべた。

結婚《けっこん》したい……この学校に来て本当に良かった……!!

シエラさんの温情に報《むく》いるためにも、早く箸《はし》の使い方をマスターしなければ。

俺は箸《はし》を構え、反復練習をくり返す。

「……可愛《かわい》い……育てたい……」

悪戦苦闘《あくせんくとう》する俺に向かって、シエラさんがそうつぶやいたように聞こえた。

「えっ？　なんですか？」

「いえ、なんでもないです」

シエラさんは気まずそうに言って、目を逸《そ》らした。

きっと聞き間違《まちが》いだろう。『可愛《かわい》い』という言葉は、女性や小さい子どもに対して使う言葉だからな。

S　S　S

ようやく朝食を食べ終わった頃《ころ》には、授業開始直前になっていた。シエラさんに案内され、1年生の教室に足を踏《ふ》み入《い》れる。

そこには30人ほどの学生が集まっており、約半数が女性だった。彼女たちは一斉《いっせい》に俺を見て、何かを囁《ささや》き合っている。

「レオンくんは、あの厳しいリリア先生が編入を即決《そっけつ》したって噂《うわさ》ですからね。みんな興味《きょうみ》津々《しんしん》なんです」

シエラさんがそう教えてくれた。たしかにリリアさんは俺の意思を完全に無視して即決《そっけつ》したな……。

ともあれ、教室中の女性たちに噂《うわさ》されているというのは、かなり気分がいい。

席は自由とのことなので、シエラさんと並んで最前列に座る。

これまで入ったことがない空間、味わったことのない空気。すぐ隣《となり》にシエラさんがいるという事実も手伝って、胸が高鳴った。

それから間もなく、リリアさんが教室に入ってきた。

その瞬間《しゅんかん》、ざわめきが一斉《いっせい》に収まった。

「皆《みな》さん、おはようございます。まずは転入生を紹介《しょうかい》します。レオンさん、前に出て挨拶《あいさつ》してください」

そう促《うなが》されて立ち上がり、周囲を見回すとクラス中の女性が俺を見ていた。

「……レオンです……よろしくお願いします……」

思わず目を逸《そ》らし、蚊《か》の鳴くような声で告げると、リリアさんはため息をついた。

いたたまれなくなってすぐさま席に着くと、シエラさんが優《やさ》しく頭をなでてくれる。

「大丈夫《だいじょうぶ》ですよ。このクラスはみんな優《やさ》しいので、何も心配はいりません」

……暖かい……。凍《こご》えきった体が、春の訪《おとず》れによって雪解けを迎《むか》えた気分だった。

一方、リリアさんは不機嫌《ふきげん》そうに俺を睨《にら》んだ後、教科書を投げてよこした。そしてすぐに授業を始める。

受け取った教科書によると、１時間目は『回復薬学』という授業らしい。薬草の素材や、煎《せん》じ方について学ぶ学問のようだ。

俺にとって薬草はそのまま飲むものなので、効力を高めたり、苦味を軽減したりする方法が確立されていることに驚《おどろ》いた。

リリアさんは陽光草《ようこうそう》という薬草について解説している。だが専門用語が多くて、内容が半分も頭に入ってこない。

それはそれとして、授業をするリリアさんが美しすぎる。しかも教官なので、いくらガン見しても問題ないというのが素晴《すば》らしい。

さらに、横を見ると真面目にノートを取るシエラさんがいる。横顔も天使だ。

俺は完全にシエラさんに惚《ほ》れた。彼女が同じクラスにいるなら、どんなにツラいことがあっても耐《た》えられる自信がある。

というわけで授業はそっちのけで、リリアさんとシエラさんを交互《こうご》に盗《ぬす》み見《み》し続ける。この学校は最高だ。

S　　S　　S

１時間目の授業終了《しゅうりょう》後すぐ、リリアさんに廊下《ろうか》に呼び出された。

そして廊下《ろうか》に出た瞬間《しゅんかん》、全力で足を踏《ふ》まれる。

「授業中にわたしやシエラさんを品定めするのはやめてください」

リリアさんはガチギレしていた。どうやら授業中は怒《いか》りを抑《おさ》えていたようだ。

「品定めしていたつもりはないんですが……」

「じゃあ授業を聞いていましたよね？　陽光草の生息場所と採取に適した時期、煎《せん》じ方を答えてください」

「………何一つわかりません」

「足《あし》の甲《こう》を踏《ふ》み抜《ぬ》きますね」

宣言直後、リリアさんは俺の左足を潰《つぶ》そうとしてきた。反射的に足を引いて避《よ》ける。

「品定めしてすみませんでした……」

「次やったら殺しますから」

リリアさんはドスの利《き》いた低い声で言い、教室に入っていった。

俺は廊下《ろうか》で5秒ほど待ってから、さっきまで座っていた席に戻《もど》る。

「あの……リリア先生の怒《ど》鳴《な》り声が聞こえてきましたが、どうかしたんですか……？」

隣《となり》に座るシエラさんが躊躇《ためら》いがちに質問してきた。心配してくれているようだが、事実をそのまま伝えるわけにはいかない。

「その……授業に集中できていないことを叱《しか》られまして……」

「そうだったんですか。私で良ければ教えますので、わからないところがあったら聞いてください。何か不安なことはありますか？」

「不安というか、知らない単語が多くて、授業内容が頭に入ってこなくて……」

「そうだったんですね。じゃあわからなかったところをメモしておいてください。昼休みや放課後に教えられる範囲《はんい》で教えますので」

「ありがとうございます……！」

　こうして俺は心を入《い》れ替《か》え、わからないながらもちゃんと授業を聞くようになった。言われた通り理解できなかった部分をメモし、リリアさんとシエラさんを見る時間は2割くらい減らした。さらに、シエラさんを盗《ぬす》み見《み》る時は教科書で顔を隠《かく》し、リリアさんに視線がバレないよう工夫《くふう》した。

　ちなみに、2時間目は魔物《まもの》に対して使う麻痺《まひ》薬や睡眠薬《すいみんやく》について学ぶ『毒薬学』、3時間目は魔物《まもの》の生態や生息域を学ぶ『魔物《まもの》学』、4時間目はこの王国について学ぶ『歴史学』だった。組織で受けたしごきは嫌《いや》だったが、座学も同じくらい苦痛である。とはいえ同じ空間に美少女がいるというだけで、こっちの方が1億倍は楽しいのだが。

S　S　S

午前の授業終了後《しゅうりょう》、食堂で昼食を取りながら、シエラさんにどこがわからなかったかを報告した。全部で30個以上あったのだが彼女は嫌《いや》な顔一つせず、午後の授業が始まる時間ギリギリまで俺の質問に答えてくれた。

「ありがとうございます。シエラさんのおかげで、かなり賢《かしこ》くなりました」

「いえいえ、私の拙《つたな》い説明で良ければ、いつでも質問してください」

天使すぎて感謝しかない。今すぐ結婚《けっこん》したい。

やがて昼休みが終わり、俺はシエラさんと一緒《いっしょ》に校舎の外に出た。午後は実技の授業があるのだ。

「では、これから魔物《まもの》の討伐《とうばつ》訓練を行います」

学園の敷地《しきち》内にある闘技《とうぎ》場の入口に集合したところで、リリアさんがそう告げた。

「レオンさんにはまだ説明していませんでしたが、この学校では実戦訓練用の魔物《まもの》を檻《おり》に入れて飼育しています。魔物《まもの》にはランクがあって、闘技《とうぎ》場で単独討伐《とうばつ》できると、次のランクの魔物《まもの》と闘《たたか》えるようになります。といっても、ドラゴンを一撃《いちげき》で倒《たお》したレオンさんが手こずる魔物《まもの》はいないと思いますが」

リリアさんがそう口にした瞬間《しゅんかん》、周囲でどよめきが起きた。

「ドラゴンを一撃《いちげき》で……!?」「ハッタリじゃないのか……?」「でも、リリア先生が転入させたわけだし……」

クラスメイトたちの視線が俺に集まる。何か言わなければ……。

「……あの時はドラゴンがリリアさんに注目していて、不意打ちが成功しただけです。単独討《とう》伐《ばつ》だと、運が悪ければ負けますよ」

と、謙遜《けんそん》したつもりだったのだが、さらに周囲のざわめきが大きくなる。

「いや、普通《ふつう》1人でドラゴンに挑《いど》まないって……」「しかも運が悪くなければ勝てるのか……」

女性たちが俺に熱視線を送ってくる。ものすごく照れるが、メチャクチャ嬉《うれ》しい。

もしかしたら、俺のことを尊敬した女性とお近づきになれるかもしれないな……!!

いや、俺にはシエラさんという心に決めた女性がいるのだが……!!

一方、リリアさんは不満そうに俺を睨《にら》んでいる。

「ではレオンさん。今この学園で飼育している最高ランクの魔物《まもの》に挑戦《ちょうせん》してみてもらえますか？」

リリアさんから提案された俺は、二つ返事で引き受けた。そしてリリアさんに先導され、砂が敷き詰められた第1アリーナの中央に移動する。

しばらくすると、目の前の鉄柵《てっさく》が跳《は》ね上《あ》がり、ケンタウルスが姿を現した。

体長は優に3メートルを超《こ》えており、その腕《うで》の太さは俺の胴体《どうたい》くらいある。

「グオオオオ!!」

ケンタウルスは雄叫《おたけ》びを上げ、こちらに向かって猛然《もうぜん》と駆《か》け出《だ》した。

ケンタウルスには知能があり、人語を扱《あつか》えるはずだが、俺と対話する気はないようだ。筋骨隆々《りゅうりゅう》の十指が間近に迫《せま》る。もし捕《つか》まれば、瞬《まばた》きする間に骨を折られ、取り返しが付かないケガを負うだろう。

だが、俺は逃《に》げない。敵に向かって走り出すと同時に、一気に体勢を低くする。下に潜《もぐ》り込めば、手が届かないと予想したのだ。

するとケンタウルスはこちらの狙《ねら》いを察したらしく、地面を蹴《け》って跳《と》び上《あ》がり、前足で俺を踏《ふ》み潰《つぶ》そうとしてきた。

しかし、それは悪手だ。俺は上空に向かって居合い斬《ぎ》りを放つ。

刹那《せつな》、ケンタウルスの前足2本が切断された。

直後、返し刀で胴体《どうたい》を真っ二つにする。

腹から臓物がまろび出て、ケンタウルスの運命は決定した。

着地と同時に地面に突《つ》っ伏《ぶ》し、喘《あえ》ぎながら俺を睨《にら》んでくる。

これ以上は苦しまないよう、首を刎《は》ねてやった。

「――レオンさん、お見事でした」

すぐ近くで待機していたリリアさんが微笑《ほほえ》みを浮《う》かべ、納剣《のうけん》した。

「万一の際は助けに入ろうと思っていましたが、杞憂《きゆう》でしたね」

「割と若いケンタウルスでしたからね」

刀に付いた血を拭《ぬぐ》いつつ答えた。おそらくこいつはこれまで、正面から向かってくる命知らずと闘《たたか》った経験がなかったのだろう。

しばらくすると、クラスメイトたちが近くに集まってきた。俺のことを小声で噂《うわさ》したり、ケンタウルスの死体を物珍《ものめずら》しげに覗《のぞ》き込んだりしている。

するとリリアさんは俺の正面に立ち、口を開く。

「レオンさん。あなたをこのクラスの『教官補佐』に任命します」

「――えっ⁉」「マジかよ‼」

俺がリアクションするより早く、周囲から驚《おどろ》きの声が上がった。

「転入初日に任命なんて、あり得るのか……⁉」「さっきの闘《たたか》いを見たら、順当でしょ」「リリア先生の補佐……羨《うらや》ましい……‼」

よくわからないが、すごいことらしい。俺は質問する。

「教官補佐って何ですか？」

「その名の通り、わたしを補佐する役割を持つ生徒のことです。基本的には、クラスで最も優《すぐ》れた生徒を任命します。本来は討伐《とうばつ》成績や筆記試験の点数から総合的に判断するのですが、現状あなたを超《こ》える逸材《いつざい》はいないと考えていますので」

リリアさんがそう断言した瞬間《しゅんかん》、みんなから歓声《かんせい》が上がり、一瞬遅《いっしゅんおく》れて拍手《はくしゅ》が起きた。

周囲を見回すと、同じクラスの女性たちが俺に羨望《せんぼう》の眼差《まなざ》しを向けていた。

ヤバい、これはマジでいけるかもしれない。大人のお店に行かなくても、女性の胸を揉《も》めるかも……。

思わずニヤけ、下を向いて頭を掻《か》く。

するとリリアさんが俺との距離《きょり》を詰《つ》めてきて、耳元でささやいた。

「あまり調子に乗らないでくださいね。教官補佐は名誉《めいよ》ある役職に見えて、実際はただの雑用係ですから」

「――えっ、そうなんですか？」

「当然です。昼夜を問わずこき使いますから、覚悟《かくご》しておいてください」

リリアさんはそう言って、得意げに笑うのだった。

S　S　S

「本当にすごかったです。レオンくんはお強いんですね……」

午後の授業終了《しゅうりょう》後、シエラさんが俺に駆《か》け寄《よ》ってきてそう言ったのだが、なぜか元気がないように見えた。

「シエラさん……どうかしたんですか？」

「い、いえ……。自分でもよくわからないんですが、子どもの急激な成長を目の当《ま》たり《あ》にして、嬉《うれ》しさと同時に切なさが込《こ》み上《あ》げてきた感覚というか……」

「……？」

シエラさんが何を言っているのか、よくわからなかった。子どもの急激な成長……？

「もはやレオンさんには、私は必要ないんですよね……」

「いや、ものすごく必要ですが。箸《はし》はぜんぜん使えないですし、今後も授業でわからないことがあったら教えてほしいです」

「そ、そうですか？」

シエラさんの表情がパッと晴《は》れ渡《わた》った。

「じゃあ、今からどこかで今日の授業の復習をしますか？」

「あ、すみません。実は、リリアさんにここに残るように言われているんです。特別授業があるみたいで」

「そ、そうなんですね」

「はい……。なので非常に残念ですが、勉強を教えてもらうのはまた今度ということで……」

「わかりました。じゃあまた明日」

シエラさんは小さく手を振《ふ》り、俺を残して立ち去っていった。彼女からの誘《さそ》いを断らざるを得なかったというのは痛恨《つうこん》の極《きわ》みだ。

他の学生たちも闘技場《とうぎ》から出ていき、残っているのは俺とリリアさんの２人だけになった。

「今日1日学んでみて、この学校はどうでしたか？」

先ほどケンタウルスと闘《たたか》った場所に移動したところで、リリアさんが質問してきた。

「そうですね……女性がたくさんいて、すごい場所だなと……」

「ずっと鼻の下が伸《の》びていましたもんね。一番のお気に入りはシエラさんですか？」

「お、お気に入りだなんて……。みなさん素晴《すば》らしい方々だなと思います」

「誰《だれ》でもいいってことですか。節操のない人ですね」

「ご、誤解です！」

さすがに否定したが、リリアさんは疑いの目を向けてくる。

まぁ……誰《だれ》でもいいからお付き合いしたいと考えたのは事実なので、これ以上の弁解は不可能なのだが……。

「無駄話《むだばなし》はこの辺までにして、特別授業を始めます。まずはレオンさんがどれだけモン娘《むす》に弱いのか、調べたいと思いまして」

リリアさんはそう宣言した直後、スイッチを押して鉄柵《てっさく》を跳《は》ね上《あ》げた。どうやらこの柵《さく》の向こうは、戦闘《せんとう》訓練用の魔物《まもの》の待機場所になっているようだ。

柵《さく》が完全に開くと、1人の美少女が外に出てきた。青髪《あおがみ》で、水でできたドレスのような服を身に纏《まと》っている。

そのドレスはところどころ透《す》けている上、胸元《むなもと》がザックリ開いており、胸の谷間が見えている。しかもスカートの丈《たけ》は短く、脚《あし》は付け根に近いところまで露出《ろしゅつ》している。

これが噂《うわさ》に聞く痴女《ちじょ》という存在か……⁉　ありがとうございます……‼

――と、そこで美少女の髪《かみ》の毛《け》が、半透明《とうめい》のゼリーのような材質であることに気がついた。

「これが今日の授業の教材、スライムのモン娘《むす》です」

モン娘《むす》を食い入るように見つめる俺に向かって、リリアさんは容赦《ようしゃ》ない口調で告げた。

「好きな方法で討伐《とうばつ》してください。さすがにスライムに負けることはないですよね？」

「……おそらく」

普通《ふつう》のスライムであれば、刀を使うまでもなく、一瞬《いっしゅん》で踏《ふ》み潰《つぶ》すことができる。

だが……。

「お兄ちゃん……アタシのこと、いじめるの……？」

スライムのモン娘《むす》――スライムさん（仮名《かめい》）は潤《うる》んだ瞳《ひとみ》をこちらに向けてきた。

すぐに目を逸《そ》らし、リリアさんの方を見る。

「罪悪感を覚える必要はありません。モン娘《むす》は人間を油断させるために可愛《かわい》らしい見た目をしているだけですから。こいつも村人を襲《おそ》っているところを捕縛《ほばく》された、邪悪《じゃあく》な魔物《まもの》です」

「で、ですよね……」

気合いを入れ直し、駆除《くじょ》対象を睨《にら》みつける。

「ふぇぇ……お兄ちゃん怖《こわ》いよぉ……」

ダメだ。可愛《かわい》い。

頭でわかっていても、目の前にいるのは可憐《かれん》で弱々しい女の子にしか見えない。

この子を他のスライムと同じように踏《ふ》み潰《つぶ》すなんて、俺には……。

などと逡巡《しゅんじゅん》している最中、唐突《とうとつ》にスライムが突進《とっしん》してきた。

半透明《とうめい》のドレスから覗《のぞ》く胸が揺《ゆ》れたことに注意を奪《うば》われた直後、腹に衝撃《しょうげき》が走り、息が止まる。

そのまま仰向《あおむ》けに倒《たお》れた俺に、スライムさんが馬乗りになった。

「あはは！　お兄ちゃん、アタシに魅了《みりょう》されちゃったんでしょ！」

恍惚《こうこつ》の表情で俺を見下ろすスライムさん。腹の辺りにおしりのやわらかい感触《かんしょく》が伝わってくるし、短いスカートの中が見えそうでドキドキする。

反撃《はんげき》しなければと思うのだが、体がうまく動かない。これは魅了《みりょう》の影響《えいきょう》なのか、それとも俺の本能がもう少しこの状況《じょうきょう》を味わいたいと思っているのか――

「お兄ちゃんが童貞《どうてい》で助かったー！　このまま殴《なぐ》り殺《ころ》してあげるね！」

直後、スライムさんは嬉々《きき》として俺を殴《なぐ》りはじめたのだった。

S　　S　　S

「ドラゴンを倒《たお》した人が、スライムごときにやられるなんて……」

スライムさんを鎖《くさり》で捕縛《ほばく》して俺を助けたリリアさんが、害虫を見るような目を向けてきた。

ここは闘技場《とうぎじょう》の控《ひか》え室《しつ》だ。スライムさんを檻《おり》に戻《もど》した後、連れてこられたのである。

「一応確認《かくにん》しますが、わざとやっているんじゃないんですよね？」

「ゴミクズですみません……本当に女性に慣れていなくて……」

「たしかにあのモン娘《むすめ》は肌《はだ》の露出《ろしゅつ》が多かったですが、所詮《しょせん》は魔物《まもの》なんですよ？」

「そんなことを言われても……」

弱々しく答えると、リリアさんは細い眉根《まゆね》を寄せた。

「これは一朝一夕《いっちょういっせき》では解決できそうにないですね……」

リリアさんは腕組《うでぐ》みし、しばらく黙考《もっこう》する。

「……ひとまずレオンさんには、モン娘《むす》はあくまで魔物《まもの》、人間の女性の方がいいと思わせなければなりません」

「り、理屈《りくつ》ではわかっているんです……でも……」

「エッチな格好のモン娘《むす》を前にすると目を奪《うば》われる、ということですか。低俗《ていぞく》ですね」

絶対零度《れいど》の目つきになるリリアさん。弁解不可能なレベルで軽蔑《けいべつ》されている……。でも、男なら仕方ないと思うんだ……。

たしかにスライムに負けたのは情けないが、モン娘《むす》の見た目の美しさは、強さと直接関係な

「──仕方ありません。こうなったら、無理やり耐性《たいせい》をつけましょう」

リリアさんは苦々しい表情で言った。

「もしや、大人のお店に行ってこいと？」

「教官であるわたしがそんなことを言うわけがないでしょう。頭おかしいんですか？」

「すみません……。でも、それならどうやって……？」

恐《おそ》る恐《おそ》る問いかけると、リリアさんは心底嫌《いや》そうな表情で口を開く。

「……教官として、わたしが何とかします」

「リリアさんが……？」

その言葉の意味を理解できないでいると、リリアさんは突然《とつぜん》、上着を脱《ぬ》ぎ捨《す》てた。

何を始めるのかと身構える俺の目の前で、リリアさんは白いブラウスのボタンに手をかけ、手早く外し始めた。

ボタンが1つ外される度《たび》、その柔肌《やわはだ》が露《あら》わになっていく。

やがて、女性特有のふくらみを包む下着の一部を拝ませていただくことができた。色は白で、美しい刺繍《ししゅう》が入っている。

俺が目を見張る中、脱衣《だつい》は続く。リリアさんはブラウスを脱《ぬ》ぎ捨《す》ててしまったのだ。

これで上半身に身につけているものは下着1枚だけになった。豊満な胸の谷間が丸見えで、ものすごく扇情的《せんじょう》だ。

一応気を遣《つか》って顔を逸《そ》らしたが、これは視界の端《はし》に入れざるを得ない。

「リ、リリアさん、いったい何を……!?」

「何って、レオンさんに耐性《たいせい》をつけさせようとしているに決まっているじゃないですか」

リリアさんは刺々《とげとげ》しい口調で続ける。

「レオンさんが変態であることはもはや隠《かく》しようがないんですから、目を逸《そ》らさずにちゃんと見てください」

「そ、そんなことを言われても……」

と、一応遠慮《えんりょ》している風のことを口に出しつつ、俺はリリアさんの胸元《むなもと》に視線を送った。

真っ白なふくらみはこの上なく美しい。生きてて良かった……。

「間抜《まぬ》け面ですね」

リリアさんは冷たく言い捨てながらスカートのボタンに手を伸《の》ばして外し——そのまま床《ゆか》に落下させてしまった。

「っ!?」

「これで、露出《ろしゅつ》している面積は、さっきのモン娘《むす》より多くなりましたね」

リリアさんは淡々《たんたん》と言い、俺の顔色を窺《うかが》ってくる。

「わたしとモン娘《むす》、どちらに魅力《みりょく》を感じますか?」

「も、もちろんリリアさんです……!!」

声を震《ふる》わせながら、下着姿のリリアさんを食い入るように見つめる。彼女の気が変わる前に、網膜《もうまく》に焼きつけなければ。

「……たしかにちゃんと見ろと言いましたが、ここまで無遠慮《ぶえんりよ》に凝視《ぎようし》してきますか……本当に変態ですね……」

リリアさんが呆《あき》れているようだが、もう俺は目を逸《そ》らせなかった。

「わたしにここまでさせたんですから、当然あのスライムに勝てますよね？」

「も、もちろんです……!!」

リリアさんの胸元《むなもと》から目を離《はな》さずに答えた。

するとリリアさんは唐突《とうとつ》に、怒気《どき》を含《ふく》んだ声音《こわね》でこう要求してくる。

「レオンさんも服を脱《ぬ》いでください」

「──えっ!? な、なんでですか……!?」

「わたしだけこんな格好をしているのは不公平だからです」

「そ、そんなことを言われても……リリアさんが勝手に脱《ぬ》いだだけですし──」

「うるさい。早く」

「は、はい……」

仕方がないので、手早く制服を脱《ぬ》ぎ、上半身を露《あら》わにした。

「……いい筋肉してますね」

リリアさんが俺の胸筋や腹筋を見て、含《ふく》み笑《わら》いをした。

「あんまり見ないでください……」

「気色悪いことを言ってないで、下も脱《ぬ》ぎなさい」

「ええ……」

困惑《こんわく》しつつ長ズボンも下ろす。俺が身につけているものはパンツのみとなってしまった。

「なるほど……男性の体はこういう感じなんですね」

リリアさんは興味深そうにつぶやいた。

下腹部のふくらみを重点的に見られている気がして、両手で隠《かく》す。

「わたしに見られて、恥《は》ずかしいんですか？」

「あ、当たり前じゃないですか」

「ふーん」

リリアさんは意外そうに言った後、邪悪《じゃあく》な笑《え》みを浮《う》かべた。

「それなら、最後の1枚も脱《ぬ》いでみましょうか」

「脱《ぬ》ぎませんよ!?」

「そうですか、残念です」

リリアさんは淡々《たんたん》とした口調で言った後、服を着始めた。どうやら、サービスタイムは終《しゅう》了《りょう》のようだ。

「では、今度こそスライムのモン娘《むす》を討伐《とうばつ》してください。わたしがここまでしたんですから、魅了《みりょう》されたら承知しませんよ」

発破をかけられた俺は、自信満々に答える。

「もちろんです」

S　　S　　S

俺たちは再び第1アリーナの中央に移動し、鉄柵《てっさく》を跳《は》ね上《あ》げた。

すぐにスライムさんが歩いて出てきたので、右手で柄《つか》を、左手で鞘《さや》を握《にぎ》り締《し》める。

リリアさんのおかげで、薄着《うすぎ》の女性に対する耐性《たいせい》ができた。

今となっては、なぜさっき惑《まど》わされたのか、理解できない。

余裕《よゆう》の心持ちで、スライムさんと対峙《たいじ》する。

「怖《こわ》いよぉ……。お兄ちゃん、アタシに何するつもり……？」

怯《おび》えるスライムさんと目が合い、早くも自信が揺《ゆ》らいだ。

たしかに下着姿のリリアさんは美しく刺激《しげき》的だったが、スライムさんはスライムさんで可愛《かわい》いのだ。

思わず鼻の下を伸《の》ばしていると、リリアさんに睨《にら》まれた。

「……すまないが、これで負けたらどうなるかわからないんだ。斬《き》らせてもらう」

迷いを振《ふ》り払《はら》うように抜刀《ばっとう》し、切っ先をスライムさんに向ける。だが——

「やめてよぉ……いいことしてあげるから……」

スライムさんはそう言いつつ、ドレスの肩《かた》ヒモに手を伸《の》ばした。

そして——ゆっくり下ろし始める。

ドレスが少しずつ下がるにつれ、真っ白な谷間が露出《ろしゅつ》していく。そして——

形のいい乳房《ちぶさ》の全貌《ぜんぼう》が明らかになった。

下着の類いは身につけていなかった。真っ白い球体は桃色《ももいろ》の先端《せんたん》まで、完全に露《あら》わになっている。

もちろん、目の前にいるのがモン娘《むす》であり、人外であり、駆除《くじょ》対象であることは重々承知している。

だがそれでも、釘《くぎ》づけにならざるを得ない美しさだった。

「その刀を捨ててくれたら、もっとすごいところも見せてあげるよ……？」

その声が鼓膜《こまく》に届いた瞬間《しゅんかん》、命と同じくらい大事な刀を地面に投げ捨てた。

「──ふふっ、バカなお兄ちゃん♪」

スライムさんは不敵な笑《え》みを浮《う》かべた直後、胸を丸出しにしたまま飛びかかってきた。

若干《じゃっかん》の危険は感じたものの、男の本能のせいで回避《かいひ》行動は取れなかった。

その結果、スライムさんと正面衝突《しょうとつ》。やわらかい感触《かんしょく》を楽しみながら、後方に押し倒されていく。

「アタシを教材にしたことを後悔《こうかい》させてやる！　死ね！　死ね！」

馬乗りになったスライムさんは絶叫《ぜっきょう》し、俺のことをタコ殴《なぐ》りにする。

スライムさんがどちらかの腕《うで》を打ち出す度《たび》、振動《しんどう》で胸が揺《ゆ》れる。これまでの人生で見たものの中で、間違《まちが》いなく最上の光景だった。

Ｓ　　Ｓ　　Ｓ

「わたしにあんな格好をさせておいて、この体《てい》たらく……！　これはお仕置きが必要ですね……！」

再び俺を助けてくれたリリアさんが腕組《うでぐ》みし、パンツ１枚で正座している俺を睨《にら》みつけてきた。

リリアさんは相当にお怒《いか》りのようで、控《ひか》え室《しつ》に戻《もど》ってくるなり「脱《ぬ》ぎなさい」と命じられた。

のだ。

「で、でも、1回目よりは長い時間耐《た》えましたし――」

「最終的に魅了《みりょう》されたら意味ないです。そもそも、モン娘《むす》がドレスを下ろしていくのを黙《だま》って見ていましたよね？」

「それは……」

「最低のクズ」

「そう言われても、リリアさんに見せてもらったのは下着までだったので……」

「はぁ？　わたしが悪いと言うんですか？」

リリアさんは細い眉根《まゆね》を寄せ、俺を睨《にら》みつけてきた。

「滅相《めっそう》もございません。すべて俺の不徳の致《いた》すところです」

「当然です。二度と責任転嫁《てんか》をしないように」

「はい……」

項垂《うなだ》れる俺に、リリアさんは値踏《ねぶ》みするような視線を向けてきた。

「まったく……いい技術と筋肉を持っているのに……。切り落としたら性欲がなくなったりしませんかね……」

リリアさんの視線が下半身に向けられた瞬間《しゅんかん》、あまりの恐《おそ》ろしさに総毛立った。

「それだけは許してください……」

まだ使ったことがないのに……。いや、使用済みだったとしても絶対嫌《いや》だけど……。

「では、罰《ばつ》として腕立《うでた》て伏《ふ》せ100回」

そう告げられた瞬間《しゅんかん》、俺は床《ゆか》に突《つ》っ伏《ぷ》し、高速で腕立《うでた》て伏《ふ》せを開始する。

それを見下ろしているリリアさんは、表情を曇《くも》らせた。

「もしかして、腕立《うでた》て伏《ふ》せ100回って余裕《よゆう》だったりします？」

「そうですね。この程度のしごきは日常茶飯事《にちじょうさはんじ》だったので、特に何とも思わないです」

「なるほど……」

リリアさんは不満そうに唇《くちびる》を尖《とが》らせた後、俺の背中に右足を乗せてきた。

「では、負荷《ふか》をかけてあげますね」

宣言直後、背中に体重がかけられた。

その瞬間《しゅんかん》、俺の中に正体不明の感情が生まれた。

うまく説明できないが、嬉《うれ》しい感じがするような……？

ひとまず、リリアさんに踏《ふ》まれながら腕立《うでた》て伏《ふ》せを続ける。

「えっ……これでも続けられるんですか？」

「はい、よくあることだったので。それにリリアさんは、俺に嫌《いや》がらせしていたヤツらより、だいぶ踏《ふ》む力が弱いですし」

「むぅ……！」

リリアさんは不満げな声を出し、俺の顔をまじまじと見つめてくる。

「ていうか、足蹴《あしげ》にされているというのに、何で嬉《うれ》しそうなんですか？」

「――えっ？　嬉《うれ》しそう？」

「ニヤニヤ笑っているじゃないですか。もしかして、あなたはマゾヒストなんですか？」

そう問われた瞬間《しゅんかん》、俺は胸中に渦巻《うずま》く背徳的な感情の正体を知った。

いや、でも……そんなはずは……。

俺が生まれ育った組織では、粗暴《そぼう》な男たちからこれに似たしごきを何度も受けており、耐《た》えられなくなって逃《に》げ出《だ》したのだ。

しかし今は苦痛ではなく、喜びを覚えてしまっている……？　相手がリリアさんだから
……？

などと困惑《こんわく》している最中、リリアさんが俺の背中の上に腰《こし》かけてきた。

しかも両足を地面から離《はな》し、全体重を俺に委ねてきたのだ。

スカートごしに、リリアさんのおしりの感触《かんしょく》が……!!

「これでどうです？　苦痛に感じますか？」

リリアさんが楽しげに聞いてきたが、動揺《どうよう》しすぎてすぐには返答できない。

や、やわらかい……！　天国だ……！

この感触《かんしょく》を1秒でも長く味わうため、俺は演技を開始する。

「さ、さすがに乗られると……ぐぐ……！」

苦しそうな声を出しつつ、腕立《うでた》て伏《ふ》せの速度を半分くらいにした。

「ふふふ、そうですか」

リリアさんは背中の上で足を組み、笑い声を上げる。

実際のところはまだ余裕《よゆう》があるのだが、見破られなかったようだ。

俺はリリアさんのやわらかい肌《はだ》の感触《かんしょく》を楽しみつつ、腕立《うでた》て伏《ふ》せを続ける。

永遠にこの時間が続けばいいのに……。

「……あれ～？　今って何回目でしたっけ～？」

しばらく上下運動を続けていたところで、リリアさんがわざとらしい声を出した。

「わからなくなっちゃったので、最初から数え直しますね～。い～ち、に～い」

と、楽しげにカウントを始めるリリアさん。

嫌《いや》がらせのつもりでやっているのかもしれないが、俺にとってはご褒美《ほうび》以外の何物でもなかった。

「……99、１００」

さすがに腕《うで》の筋肉が限界に近づいてきたところで、腕立《うでた》て伏《ふ》せ１００回を達成した。

リリアさんが転ばないよう、ゆっくり床《ゆか》に倒《たお》れ込む。

「……なんかレオンさん、満足げな顔をしていますね」

立ち上がったリリアさんは俺の顔を覗《のぞ》き込み、非難するようにつぶやいた。

「い、いえ、嬉《うれ》しいなんてことは……」

しかし、余韻《よいん》が凄《すご》すぎて笑顔《えがお》をやめられない。

「普通《ふつう》、教官にこんなことをされたら怒《いか》りを覚えるものです。なのに、そんなに嬉《うれ》しそうにするなんて……。やはりレオンさんはマゾヒストなんですね」

「ち、違《ちが》います……!!」

断じて俺はマゾなんかじゃない……！

でも、だとしたらこの高揚感《こうようかん》はいったい何なんだ……？

「うちのクラスの女子たち、レオンさんがスライムにすら勝てないマゾだとわかったら、どんな反応するんでしょうね」

「――っ!?」

「ふふっ。バラされたら困りますよねぇ？　黙《だま》っていてほしかったら、二度とわたしを怒《おこ》らせないことですね」

リリアさんはそう言って楽しげに笑う。

「とりあえず、今日のところはこの辺で勘弁《かんべん》してあげます」

「はい……色々な意味でありがとうございました……」

「明日以降も毎日、このくらいの時間に特別授業を行いますから」

「──えっ」

「何か問題でも？」

「えっと、できれば放課後は、シエラさんと一緒《いっしょ》に授業の復習をしたいと思っていたんですが……」

「却下《きゃっか》。レオンさんはモン娘《むす》への耐性《たいせい》をつけることが急務ですから」

「そ、そんな……」

あまりに無慈悲《むじひ》な決定に愕然《がくぜん》としていると、リリアさんに睨《にら》まれた。

「一応言っておきますが、わたしは結構忙《いそが》しいんですからね。あなた1人のために時間を割《さ》いているんですから、感謝してください」

……言われてみれば、たしかにそうだ。リリアさんが受け持つクラスには、30人くらいの生徒がいた。それなのに、俺だけが特別扱《とくべつあつか》いされているのだ。

「……あの、リリアさん。なんで俺のために特別授業をしてくれるんですか？」

「は？　あなたがゴミだからでしょう？」

「いえ、それはそうなんですけど、なんでそんなゴミに手間をかけてくれるのかと思って……。スライムさんとの闘《たたか》いに何度も付き合ってくれたり、服を脱《ぬ》いでくれたり……」

俺が質問すると、リリアさんは嘆息《たんそく》した。

「そんなこと、言うまでもないでしょう。あなたに突出《とっしゅつ》した才能があるからです。ドラゴンを一撃《いちげき》で倒《たお》したのを見た時、わたしは思ったんです。あなたはいつか、魔王《まおう》を倒《たお》せる逸材《いつざい》かもしれないと」

「ま、魔王《まおう》を……!?」

「魔王討伐《まおうとうばつ》は、人類の悲願です。そのためだったら、服を脱《ぬ》ぐくらい、何でもありません」

リリアさんは真剣《しんけん》な表情で、まっすぐに俺を見据《みす》えた。

お世辞を言っているような感じは、まったくしない。

「えっ、じゃあ、次は下着も――」

「脱《ぬ》ぐわけないでしょうがっ!!」

リリアさんは叫《さけ》びつつ、俺の頬《ほお》をぶん殴《なぐ》った。

「……とにかく、あなたはわたしがこれまで見てきた生徒の中で、最も才能があります。だから、モン娘《むすめ》に殺されるなんていう無様な死に方、絶対に許しません」

リリアさんはそう言って、俺の額にデコピンを食らわせた。

頬《ほお》と額を押さえながら、俺は感動していた。誰《だれ》かに期待されるなんて、生まれて初めてだったからだ。

俺は今日から、この人のために頑張《がんば》ろうと思った。

そして1日も早く特別授業から解放され、シエラさんと甘い時間を過ごせるようにならなければ……!

インターミッション　リリアの苦悩《くのう》①

わたしは教員用のお風呂《ふろ》に浸《つ》かりながら、レオンさんの生態について考える。

ドラゴンを一撃《いちげき》で殺せるが、女性が苦手すぎる。あと座学が嫌《きら》いで、授業中はずっとクラスメイトを品定めしている。

最高の要素と最低の要素がレオンさんを構成していて、頭が痛くなってくる。

……それにしても、レオンさんはあの強さを手に入れるために、どれほど努力したのだろうか。

この学校に誘《さそ》った時、訓練にトラウマを持っているような様子を見せた。きっと壮絶《そうぜつ》な過去があるのだろう。

女性に耐性《たいせい》がないのも、そんな環境《かんきょう》のせいなのかもしれない。本人を責めるわけにはいかない……と思いつつも、やっぱりイライラしてしまう。

だって、スライムのモン娘《むすめ》に負けるなんて。

まったく。せっかくのお風呂《ふろ》だというのに、ぜんぜんリラックスできない。

湯の中に沈《しず》む自分の体を見る。我ながら官能的なプロポーションだと思う。

なのにレオンさんは、わたしの下着姿を見た直後に、スライムのモン娘《むすめ》に魅了《みりょう》されやがった。

そして、「リリアさんに見せてもらったのは下着までだったので」と言いやがったのだ。

そこまで言うなら、生まれたままの姿を見せてやろうか？

想像するだけで恥《は》ずかしくなってくるが、少しの間なら我慢《がまん》できる。

でも、あの男は一度裸《はだか》を見たくらいじゃ、女性への免疫《めんえき》はできない気がする。

それならいっそ、もっとすごいことを……？

いや、さすがにそれはやりすぎだろう。そもそも、わたしだって未経験だし……。

——ああ、もう。１人で何を考えているんだ、わたしは。

そういえば、明日はちょっと特殊《とくしゅ》な授業の日だ。レオンさんはちゃんと乗り切れるだろうか。

第3話　クラスメイトにママになっていただけた

翌朝。今日は1時間目から実習を行うということで、学校の近くにある森の入口にやって来た。

周囲には同じクラスの生徒が集まっている。今日も女性たちはものすごく可愛《かわい》い。

やがてリリアさんが現れ、周囲を見回した。

「全員集まったようですね。それでは今から、24時間のサバイバル訓練を始めます。

勇者は討伐《とうばつ》対象の魔物《まもの》を見つけるため、人里離《はな》れた山に分け入り、野宿することも多いです。

捜索《そうさく》が長引けば、食料を現地調達することもあります。そんな時に必要な知識や技術を、このサバイバル訓練で身につけてもらいます。

ちなみに、この森は食べられる野草や木の実が豊富で、肉になる魔物《まもの》も多く生息しています。野宿するのに適した大木や洞窟《どうくつ》も見つけやすい地形なので、心配する必要はありません。逆に言うと、このレベルのサバイバルができないなら、勇者になるのはやめておいた方が身のためです」

リリアさんは厳しい口調で説明を続ける。それによると、初期装備は武器と防具と食器のみで、水や食料の持ち込みは禁止。クラスメイト同士で協力してもいいので、24時間生き延びることができたら合格だそうだ。

こうしてサバイバル訓練が始まった。周囲では2~6人ずつのグループができあがっていき、今後の方針を話し合っている。聞き耳を立てていると、大体は捕食《ほしょく》可能なモンスターを狩《か》りつつ、寝泊《ねと》まりできそうな洞窟《どうくつ》を探すという話になっているようだ。

転入2日目の俺には、知り合いはシエラさんしかいない。というわけで彼女の方を見てみると、友人3人とパーティを組んだようだ。

直後に目が合ったシエラさんは、柔和《にゅうわ》な笑《え》みを浮《う》かべた。おそらく、俺もパーティに誘《さそ》おうとしてくれたのだろう。

だが俺は目を逸《そ》らし、すぐさまその場を立ち去った。

リリアさんやシエラさんとはそこそこ普通《ふつう》に会話できるようになったが、俺にとって異性とは、未《いま》だに理解不能な存在だ。

女性4人と団体行動するのは、嬉《うれ》しさより恐怖《きょうふ》の方が大きいのである。

S　S　S

サバイバル開始から1時間ほどが経《た》ち、森の中に木造の小屋が完成した。

手頃《てごろ》な木を切り倒《たお》し、蔦《つた》を編んで作ったロープで組み合わせたのだ。

大人4人くらいが寝転《ねころ》がれる広さで、丈夫《じょうぶ》な葉っぱで蓋《ふた》をすることで屋根代わりにしている。耐久性《たいきゅう》に不安はあるが、1日だけなら急ごしらえでも何とかなるだろう。

さて、次は食糧《しょくりょう》の確保に行くか。

まずは食肉に適したモンスターと遭遇《そうぐう》するまで、歩きながら野草や木の実を採取し、そのまま口に入れていく。

この程度のサバイバルは日常茶飯事《にちじょうさはんじ》というか日常そのものだったので、何も問題ない。

小屋を出てから20分ほどが経《た》った頃《ころ》、不意にオシッコがしたくなった。

サバイバル中は立ちションするしかないが、もし女性と遭遇《そうぐう》したら大変なので、周囲の様子を探《さぐ》る。

すると、偶然《ぐうぜん》シエラさんを見かけた。女子生徒3人と一緒《いっしょ》に食べ物を集めているようだ。

尿意《にょうい》を忘れ、しばらく4人の姿に見入ってしまう。全員可憐《かれん》だ。もし彼女たちに頼《たの》まれたら、食糧《しょくりょう》も住居も用意してあげるのに――

などと考えていた直後、突如《とつじょ》として4人の足元に太い蔓《つる》が複数出現した。

蔓《つる》は触手《しょくしゅ》のように蠢《うごめ》いたかと思うと、シエラさんたちを目がけて静かに伸《の》びていく。

そして、4人の脚《あし》に絡《から》みついた。

「――きゃあ‼」「何これっ⁉」「やだ！」「放して！」

シエラさんたちはその場に転倒《てんとう》し、一瞬《いっしゅん》にしてパニックに陥《おちい》った。

俺はというと、転んだ際に翻《ひるがえ》った4人のスカートに釘付《くぎづ》けになっていた。明らかな異常事態なのだが、警戒《けいかい》を怠《おこた》らざるを得ない光景だった。これも女性に耐性《たいせい》がない弊害《へいがい》である。

直後、シエラさんたちの前に、巨大《きょだい》なマンドラゴラが姿を現した。獲物《えもの》が近くを通りかかったことで、一気に襲《おそ》いかかったようだ。

しかし、4人を同時に襲《おそ》えるサイズのマンドラゴラなんて、これまで見たことがない。

俺はそこまで考えたところでようやく抜刀《ばっとう》し、マンドラゴラを目がけて走り出した。

マンドラゴラは一番手近なシエラさんに攻撃《こうげき》を加えようとしている。思わず方向転換《てんかん》し、彼女の前に仁王立《におうだ》ちした。

直後、マンドラゴラが勢い良く花粉を放出した。周囲が真っ黄色の靄《もや》に包まれる。こいつらは獲物《えもの》に毒を浴びせ、弱ったところを捕食《ほしょく》するのだ。

大量の花粉をすべて受け止めた俺は、吸い込まないように注意しながら何度も刀を振《ふ》るい、マンドラゴラの根を水平に斬《き》り裂《さ》いた。

直後、蔓《つる》が力を失い、シエラさんたちが解放される。どうやら俺が盾《たて》になったおかげで、シエラさんは花粉を吸わずに済んだようだ。

「レオンくん！　ありがとうございました！」

服についた花粉を払《はら》っていると、シエラさんから感謝された。他の女子生徒たちも口々にお礼を言ってくる。

「いや、大したことはしてない――」

と、話している最中に突然《とつぜん》体が動かなくなった。思わずその場にしゃがみ込む。

おそらく、服に付着していたマンドラゴラの花粉を吸い込んでしまったのだろう。

「レオンくん⁉　どうしたんですか⁉」

「大丈夫《だいじょうぶ》です。ちょっと首から下が麻痺《まひ》しただけなので」

「それは大丈夫《だいじょうぶ》ではないのでは……⁉」

「吸い込んだ花粉は少量でしたし、ちょっと休めば元通りになるはずです」

そう強がりつつ反省する。組織にいた頃《ころ》、マンドラゴラとは何度も闘《たたか》ったから、慢心《まんしん》があった。本来なら、息を止めたまま服を脱《ぬ》ぎ捨《す》てるべきだったのだ。でもシエラさんたちの前だったから、格好つけてしまった……。

あのサイズのマンドラゴラは初めて見た。毒が強力だった場合、すぐには動けなさそうだが……。

「すみません、私たちを庇《かば》ったばっかりに……」

「気にしないでください。俺がヘマしただけですから」

「そんなこと……。せめて、麻痺《まひ》が治るまで介助《かいじょ》させてください」

「それなら、俺が作った拠点《きょてん》まで連れて行ってもらえると助かります」

「わかりました」

シエラさんは地面に座り込んだ俺の体を両手で持ち上げた。細腕《ほそうで》なのにすごい力だ。勇者になるため、筋力トレーニングを欠かしていないのだろう。

他の女性3人は食べ物を探して小屋に届けてくれるそうなので、いったん別行動することになった。

俺はお姫《ひめ》さま抱《だ》っこされている情けなさに耐《た》えつつ、女性の胸部に密着している喜びを噛《か》み締《し》める。助けて良かった……!!

シエラさんは俺の案内に従い、森の中を進んでいく。

「──あれ？　こんなところに小屋がありましたっけ？」

「俺が造りました」

「嘘《うそ》でしょっ⁉　たった1人で⁉」

「はい」

「サバイバルって普通《ふつう》、洞窟《どうくつ》とかに寝泊《ねと》まりしませんか……？」

「洞窟《どうくつ》で寝泊《ねと》まりすると虫がすごいし、モンスターのねぐらになっていることも多いので」

「だからって小屋を建てます……⁉」

「この学校に来る前は1年の半分以上が野宿だったので、小屋作りには慣れているんです」

「なるほど……サバイバルをやっていると大工さんのスキルも身につくんですか……」

シエラさんは戸惑《とまど》いながら、小屋の中に足を踏《ふ》み入《い》れた。

「中もクオリティが高いですね……」

「よかったらシエラさんたちの分も建てましょうか?」

「そんなノートを貸すような気軽さで小屋を建てる提案をすることありますか……?」

シエラさんは動揺《どうよう》しつつ、俺を床《ゆか》に寝《ね》かせてくれた。

「もし私にしてほしいことがあったら、遠慮《えんりょ》なく言ってくださいね」

床《ゆか》に横たわったまま指一本動かせない俺に、シエラさんが優《やさ》しくそう言ってくれた。

目の前にはシエラさんの真っ白いふとももがある。もし膝枕《ひざまくら》してもらえたら死んでもいいな……。頼《たの》んだらやってもらえそうだけど……。

「ありがとうございます。寝《ね》ていれば治ると思うので、ご友人たちと合流してもいいですよ」

「いえ、ここで見張らせてください。魔物《まもの》が現れないか心配ですし」

「そうですか……」

と、そんな会話をしている最中、俺は自分の体が大変な事態になりつつあることに気づき、血の気が引いた。

尿意《にょうい》がやって来たのだ。

そういえば、立ちションする場所を探している最中にシエラさんたちを発見したんだった。

「そうだ。マンドラゴラの花粉が付着しているかもしれませんし、上着を払《はら》ってきましょうか。吸い込んじゃったら大変ですし」

言うが早いか、シエラさんは俺の上半身を起こし、上着のボタンに手を伸《の》ばす。

「は～い、脱《ぬ》ぎ脱《ぬ》ぎしましょうね～」

「………」

「あっ、すみません。つい……」

俺が憮然《ぶぜん》としているのを見て、シエラさんは恥《は》ずかしそうに謝った。

「弟を着替《きが》えさせていた時のことを思い出してしまい、その時のノリを……」

「い、いえ、大丈夫《だいじょうぶ》です。お願いします」

そう伝えると、シエラさんは手際《てぎわ》よく上着を脱《ぬ》がして、小屋の外で払《はら》ってきてくれた。

「ついでに顔や手も拭《ふ》きましょうか。露出《ろしゅつ》していたところには花粉が付いているかもしれませんし」

シエラさんは白い布を取り出し、丁寧《ていねい》に肌《はだ》を拭《ぬぐ》ってくれた。

俺はどんどん強まる尿意《にょうい》を我慢《がまん》しつつ、謝意を述べる。

「すみません、お手間をかけてしまって……」

「気にしないでください。こうしていると、弟が小さかった頃《ころ》を思い出して楽しいので」

「弟さんとは仲がいいんですか？」

「そうですね。弟に限らずなんですけど、小さい子と遊んだり、お世話をしたりするのが好きなので。子どもの頃《ころ》から、早くママになりたいなぁって思っていました」

「そ、そうなんですか」

非常にいい夢なので、ぜひ叶《かな》えてほしい。もし協力を求められたら、すぐさまパパになる所存である。

などとありもしない期待に胸を膨《ふく》らませていると、シエラさんが躊躇《ためら》いがちにこんな質問をしてくる。

「レオンくんは、私にママになってほしかったりしませんか……？」

「……えっ？」

思わず我が耳を疑った。

それはつまり、俺と結婚《けっこん》したいということか？　そして、ママになってしまうような行為《こうい》をしてもいいということか？

いやでも、妊娠《にんしん》したら学校を辞《や》めなくてはならないのでは――

「なってほしいです。俺にできることがあったら、何でも言ってください」

色々と疑問はあったものの、考えるのをやめて肯定《こうてい》した。

このチャンスを逃《のが》したら、一生後悔《こうかい》するという確信があったからだ。

すると次の瞬間《しゅんかん》、シエラさんは弾《はじ》けるような笑顔《えがお》になった。

「ありがとう！　それじゃあレオンちゃんは、今日から私の赤ちゃんね！」

「――えっ？」

……どういうこと？　赤ちゃんを作るんじゃなく、俺が赤ちゃん……？

頭の中が疑問符《ぎもんふ》でいっぱいになる中、さっきの質問を思い返す。

『レオンくんは、私にママになってほしかったりしませんか……？』

――よく考えたら、俺にパパになってほしいとは一言も言っていない……!!

いや、でも、この質問をされて『俺が赤ちゃんになるってことだな』って理解できるヤツ、この世に存在しなくない……？

「昨日からずっとレオンちゃん可愛《かわい》いって思ってて、育てたくて仕方なかったの～!!」

シエラさんは嬉《うれ》しそうに言い、俺の頭をなでてきた。

どうしよう、悲しすぎる誤解が生じてしまっている。

だが誤解を解こうにも、俺のしていた勘違《かんちが》いが最低すぎて、説明できない。

あと、尿意《にょうい》が猛威《もうい》を振《ふ》るいすぎて、全部どうでも良くなりつつある。

いよいよ我慢《がまん》の限界を超《こ》えそうだ……。

「……シエラさん。大変申し上げにくいのですが……」

「んっ？　どうちたの？」

「……その……膀胱《ぼうこう》が……限界で……」

この上なく恥《は》ずかしい発表だが、しないわけにはいかなかった。突然《とつぜん》俺が漏《も》らし始めたら、一生のトラウマになるだろうからな。

「垂れ流さざるを得ないので、小屋から出て行ってください。それで、今日の夜くらいまでは、この小屋には近づかないでもらえると……」

控《ひか》えめにお願いしたのだが、なぜかシエラさんは笑顔《えがお》であり続けている。

「あらあら大変。それじゃあオシッコで汚《よご》れないように、ママが服を脱《ぬ》がせまちゅね～」

「っ⁉　い、いや、そんなことしないでいいですよ……⁉」

「えっ？　なんで？　レオンちゃんは私の赤ちゃんなんだよ？」

シエラさんは不思議そうに聞き返してきた。

まだ俺が赤ちゃんになって1分くらいなのに、もう下の世話をする覚悟《かくご》ができているとは……‼

「心配しなくて大丈夫《だいじょうぶ》でちゅよ。ママはこれまで、いっぱいオムツを替《か》えてきまちたから」

「いや、それは本物の赤ちゃんを相手にでしょ……」

この歳《とし》になってオシッコを手伝ってもらうなんて、恥《は》ずかしすぎる。絶対に嫌《いや》だ。

……とはいえ、脱《ぬ》がせてもらえるなら、それに越《こ》したことはない。漏《も》らした後も数時間動けなかった場合、ずっと尿《にょう》の臭《にお》いや冷《た》たさに耐えなければならないのだから。

……サバイバルにおいて、仲間と協力し合うことが何より重要だ。自分で蒔《ま》いた種でもあるわけだし、覚悟《かくご》を決めるしかない……!!

「……わかりました。よろしくお願いします……」

S　S　S

排尿《はいにょう》の手伝いをしてもらうという苦渋《くじゅう》の決断をしてから、シエラさんの行動は速かった。すぐさま俺を抱《かか》え上《あ》げ、小屋の外に運び出したのだ。

草むらに俺を寝《ね》かせた後、下半身に両手を伸《の》ばしてくる。

「それじゃあ、脱《ぬ》ぎ脱《ぬ》ぎしましょうか～」

シエラさんは明るい口調で言いながら俺のベルトを緩《ゆる》め、長ズボンをふとももの辺りまで下ろした。

そして俺が覚悟《かくご》を決めた直後、下着を太ももの辺りまでずり下ろされた。

陰部《いんぶ》が外気に触《ふ》れ、表面温度が下がったのを感じる。俺の男のシンボルが露出《ろしゅつ》したのだ。

「あら～。可愛《かわい》いね～」

俺の最も恥《は》ずかしい部分を直視したシエラさんは、明るい声を出した。

そして親指と人差し指で、竿《さお》の部分を摘《つ》まむ。

その瞬間《しゅんかん》、全身に電流が走ったような感覚を覚えた。

同年代の女性に陰部《いんぶ》を触《さわ》られるという未知の体験により、俺の頭の中は羞恥心《しゅうちしん》でいっぱいになる。

一方のシエラさんは、俺の体を左に傾《かたむ》け、発射されたオシッコが体にかからないようにしてくれた。

「こんな感じでいいかな？」

「だ、大丈夫《だいじょうぶ》だと思います」

「じゃあ、いつでもいいよ」

「はい………」

何とか返事を絞《しぼ》り出《だ》し、下半身に力を入れる。

しかし、いくら力んでも、オシッコが出ない。麻痺《まひ》の影響《えいきょう》なのか、それともシエラさんに摘《つ》ままれているという緊張《きんちょう》なのか……。

「………レオンちゃん？」

「す、すみません……。お、おかしいな……」

排尿《はいにょう》をコントロールできないなんて、生まれて初めてだ。

しかし、いくら焦《あせ》っても、出ないものは出ない。

最悪だ。シエラさんにこんな恥《は》ずかしい姿を晒《さら》した上、上手《うま》くオシッコできないなんて、生《い》き恥《はじ》以外の何物でもない。

ああ、もう死にたい死にたい死にたい――

「焦《あせ》らなくて大丈夫《だいじょうぶ》だよ。ママはいつまでも待つからね」

シエラさんは俺の竿《さお》を摘《つ》まんだまま、優《やさ》しい口調で言ってきた。

「麻痺《まひ》のせいで出づらいのかもね。レオンちゃん、がんばって」

「……本当にすみません……」

「ママのことは気にしないで、オシッコに集中してね。ほら、が～んばれ、が～んばれ♪」

シエラさんは歌うように応援《おうえん》してくれる。なんという懐《ふところ》の深さだ……‼

それからしばらく格闘《かくとう》していると、ついにその時が訪《おとず》れた。

「――あっ、オシッコ出たね～。すごい、すご～い」

止めどなく溢《あふ》れ出《で》る液体を見て、シエラさんは歓声《かんせい》を上げた。演技ではなく、本気で喜んでくれているみたいだった。

やがてすべてを出し尽《つ》くすと、シエラさんが先端《せんたん》を布で優《やさ》しく拭《ふ》いてくれた。

「いっぱい出たね～。レオンちゃん、がんばったね～。偉《えら》いね～」

シエラさんは賞賛しつつ下着と長ズボンを元に戻《もど》し、最後に俺の頭をなでてくれた。

なんか……本当に赤《あか》ん坊《ぼう》になったような気分になってきた。

というか、あんなところを見られてしまったら、俺はもう、シエラさんの赤ちゃんになるしかない……。

S　S　S

オシッコ後に再び小屋まで運んでもらったのだが、それから30分が経《た》っても、麻痺《まひ》は完全には消えなかった。若干《じゃっかん》回復して自力で座れるようにはなったのだが、立ち上がるのは難しいし、手もうまく動かない。

やがて、シエラさんの友人たちがキノコや野草を集めてきてくれた。しかし、毒があるかどうかは、これから教科書を見て調べるようだ。

「そのキノコは毒があります。そっちの草は毒はないですけど、渋《しぶ》みがすごくて食べられたものじゃないです」

採取してきたもののうち、どれが食用に適しているか教えてあげると、シエラさんは驚《おどろ》いたようだ。

「レオンちゃん、よく知ってるね～」

「命に関わることだからって叩《たた》き込まれたので」

「偉《えら》いね～。ママ、助かっちゃった」

自然な流れで俺の頭をなでるシエラさん。すると、それを見ていた友人3人が呆《あき》れたように言う。

「シエラ、レオンさんのママになることにしたんだ……」

「シエラは母性が強くて、隙《すき》あらばお母さんになろうとするんだよね」

「アタシたちもよく赤ちゃん扱《あつか》いされてて」

「男の赤ちゃんほしいって言ってたもんね……」

この話を聞いて、そういうことだったのかと納得《なっとく》した。

……いや、もちろん完全に理解したわけではない。だが、シエラさんが俺に何を求めているかは察することができた。

その後、シエラさんたちが小屋の外で鍋《なべ》を作り始めた。ちぎったキノコや野草を煮込《に》んだだけだが、サバイバルの食事としては及第点《きゅうだいてん》だろう。最悪生のまま食べるからな。

やがてキノコと野草の鍋《なべ》が完成し、シエラさんが器《うつわ》に装《よそ》って持ってきてくれた。

「1人じゃ食べられないだろうから、ママが食べさせてあげるね」

「ありがとうございます……」

「はい、あーん」

シエラさんが木製のスプーンを俺の口元に近づけてきた。その中には、俺が嫌《きら》いなキノコが入っている。

「すみません、実は俺、そのキノコはちょっと苦手で……」

「ママは好《す》き嫌《きら》いを言う子は嫌《きら》いです。色んなものを食べないと、大きくなれませんから」

シエラさんは有無《うむ》を言《い》わせぬ口調で言った。さっきはたくさん褒《ほ》めてくれたが、厳しい一面もあるようだ。

「わ、わかりました……」

「よしよし、聞き分けが良くて偉《えら》いですね。はい、あーん」

「あーん……うぅっ……」

キノコの臭《くさ》みで顔を歪《ゆが》めた俺を見て、シエラさんは満面の笑《え》みを浮《う》かべた。

「ふふっ。レオンちゃんは可愛《かわい》いでちゅね～。ほらほら、もっとキノコを食べなきゃダメでちゅよ～♪」

そんなやり取りをする俺たちを、シエラさんの友人たちが生暖かい目で見守っている。

「シエラさん……恥《は》ずかしいですよ……」

「あなたは赤ちゃんなんだから、余計なことは考えなくていいんです」

シエラさんは苦情を完全に無視。赤ちゃんとしての扱《あつか》いを続け、食事後には俺の口の周りを拭《ふ》いてくれた。

「残さず食べて偉《えら》いでちゅね～。それじゃあ、ごちそう様をしまちょうか」

そう言いながらシエラさんは俺の両手を持ち、手のひらを密着させた。

「ごちそう様でした～」

……いや、麻痺《まひ》が残っていても、手を合わせるくらいはできるのだが……？

「お腹《なか》いっぱいになって、おねむになったかな？　早く治るよう、おねんねちまちょうね」

シエラさんは返答を待たずに俺を横たわらせ、胸を規則正しくトントンし始めた。

こちらの意思を無視した寝《ね》かしつけである。

「レオンちゃんのことは、ママが立派に育ててあげまちゅからね～」

こうして俺たちは、完全に母子の関係になったのだった。

S　S　S

それから1時間ほど経《た》ってお昼寝《ひるね》から目覚めた俺は、麻痺《まひ》が治っていることを確認《かくにん》した。これでもう、恥《は》ずかしい思いをしないで済む……。

シエラさんたちと話し合った結果、4人にもこの小屋を使ってもらうことになった。とはいえ小屋は5人だとギリギリ寝転《ねころ》がれる広さなので、就寝《しゅうしん》時は密着することになるだろう。偶《ぐう》然《ぜん》なのだが、完璧《かんぺき》なサイズ感で建築したといえる。

俺はシエラさんと添《そ》い寝《ね》できるという期待に胸を躍《おど》らせながら外に出た。

すると、そこにはリリアさんが待ち構えていた。

「どうやら、サバイバルは順調のようですね」

リリアさんにそう問われ、俺たちは頷《うなず》いた。

「全部レオンさんのおかげです。マンドラゴラから助けてくれたし、小屋も使わせてもらえることになったので」

シエラさんの友達に賞賛され、俺は頭を掻《か》く。

「そうですか。では、特別授業の時間なので、レオンさんをお借りしますね」

「――えっ？　今日もやるんですか？」

「当然です。昨日は何の進歩もしなかったんですから」

リリアさんに睨《にら》みつけられ、俺はすぐについていくことを決めた。俺がスライムさんに魅《み》了《りょう》されまくったことをバラされたら終わりだからな。

S　S　S

「昨日から考えていたんですが、レオンさんは負けてもわたしが助けてくれると思っているせいで、危機感がないのではないでしょうか」

闘《とう》技《ぎ》場の第1アリーナにやって来たところで、リリアさんがそんなことを言い出した。

「そこで、危機感を高める方法を考えました。もし今日もスライムのモン娘《むすめ》に勝てなかったら、犬になってもらいます」

「犬になる……？」

「この鎖《くさり》付きの首輪を嵌《は》めて、四足歩行で森の中を散歩させます。もし誰《だれ》かとすれ違《ちが》ったら、犬語で挨拶《あいさつ》してください」

「マ、マジですか……!?」

思わず聞き返すと、リリアさんは静かに頷《うなず》いた。目が据《す》わっている。

「わたしは大真面目です。こちらからしたら、スライムに負けるというのがふざけているとしか思えないので」

「……一応、真面目にやっているつもりなんですが……」

「性欲に負けなければ勝てますよね？」

「……頭ではわかっているんですが……」

「本能に従って生きるだけでいいなら、獣《けもの》でもできますよね？」

「おっしゃる通りです……」

こうしてリリアさんに睨《にら》まれつつ、俺はまたしてもスライムさんに挑戦《ちょうせん》することになった。

S　　S　　S

「ザコのお兄ちゃん、またアタシにやられに来たの？」

三度対峙《たいじ》したスライムさんは、俺を見て含《ふく》み笑《わら》いをした。

ちくしょう……今日も可愛《かわい》いな……。

「どうせまたおっぱい見たら魅了《みりょう》されちゃうんでしょ？」

「そうはならん」

決意を固めつつ抜刀《ばっとう》する。しかしスライムさんは余裕《よゆう》の表情で、自らのドレスに手をかけた。

思わず見入る。

「レオンさん？」

背後から圧力をかけられ、我に返った。

「もうドレスを脱《ぬ》ぐのを待ったりしない」

刀を握《にぎ》り締《し》め、頭上に持ち上げる。このまま振《ふ》り下ろせば、スライムさんとの因縁《いんねん》は終わりになる——

「お兄ちゃん、いいの？　アタシ、今パンツはいてないんだよ？」

その瞬間《しゅんかん》、俺は振《ふ》り下ろしかけた刀を空中で静止させた。

「——詳《くわ》しく聞かせろ」

「レオンさん？」

「リリアさん、ちょっと黙《だま》っていてください」

本当に下着をつけていないのだとしたら、それは大変なことだ。だって、モン娘《むす》の体の構造は人間とほぼ同じなわけで、つまり生まれて初めて女性の秘所を拝めるわけで……。

「お兄ちゃん、見たいの？　しょうがないなぁ……」

スライムさんは勝《か》ち誇《ほこ》った笑《え》みを浮《う》かべつつ、ドレスを両手で掴《つか》んだ。

スカートの裾《すそ》が少しずつ持ち上がっていき、真っ白なふとももを露出《ろしゅつ》していく。

もうすぐだ、もうすぐ脚《あし》の付け根が見え――

完全に視線が一点に釘付《くぎづ》けになっていた俺に、スライムさんは跳《と》び膝蹴《ひざげ》りを食らわせようとしてきた。

飛びかかってくる瞬間《しゅんかん》、スカートが捲《めく》れ、ほんの一瞬《いっしゅん》だけ女性の秘所が露出《ろしゅつ》した。

俺は類い希《まれ》なる動体視力で、それをしっかり捉《とら》えた。

女の人のアソコって、ああなってるんだ――!!

感動する最中、スライムさんの膝《ひざ》が顎《あご》にめり込んだ。

脳が揺《ゆ》れ、その場に倒《たお》れ込む。

「バカなお兄ちゃん、今日こそ逃《に》がさないよ!!　頭をかち割って脳みそチューチューしてやるから!!」

馬乗りになったスライムさんが、恐《おそ》ろしいことを喚《わめ》いている。

しかし俺は、もういつ死んでも悔《く》いはない。

感謝の思いでいっぱいになりながら、スライムさんの暴力を受け止め続けたのだった。

S　S　S

さっきまでサバイバルをしていた森の入口に戻《もど》ってきたところで、リリアさんは革製《かわせい》の茶色い首輪を取り出した。

「獣《けもの》並みに知能が低いレオンさんに、この首輪をプレゼントします」

リリアさんは低い声で言い、首輪を俺の首に巻き付けた後、一気に引《ひ》き絞《しぼ》った。

「ぐえっ」

気道を塞《ふさ》がれたので、慌《あわ》てて広げようとするが、リリアさんに阻止《そし》される。

「呼吸ができなくて苦しいですか？　思い通りにならないと嫌《いや》ですよね？　でもわたしがレオンさんに覚えさせられたやるせなさは、こんなものじゃないんですよ？」

リリアさんは大きく見開いた目で詰《つ》め寄《よ》ってくる。

ヤ、ヤバい。本気で死ぬかも――

「前に言いましたよね、あなたの命はわたしのものだと。あまりに無能だと、殺処分を考えますよ」

淡々《たんたん》と言った後、ようやく首輪を緩《ゆる》めてもらえた。全速力で肺に酸素を送り込む。

「……あのですね、リリアさん。さっきのは邪《よこしま》な感情に支配されたわけではなく、モン娘《むす》の体の構造を知っておいた方が今後の対策が練られるという、学術的な知的好奇心《こうきしん》で──」

「次は首の骨を折りますよ？」

すぐに口を閉じた。

「駄犬《だけん》がゴチャゴチャ言わないでください。今から散歩を始めますが、使っていいのは犬語だけです。いいですね？」

リリアさんは首輪に鎖《くさり》を取り付けながら、有無《うむ》を言わさぬ口調で告げた。

「……わん」

S　　S　　S

こうして、犬として散歩させられるという本日の罰《ばつ》の執行《しっこう》が始まった。

リリアさんが鎖《くさり》を持ってズンズン進んでいくので、四足歩行の俺は半ば引きずられながら前に進む。

……そういえば昔、学校に入学して、同級生と放課後にお散歩デートすることを夢見ていたなぁ……。

まさか、教官に散歩させられる日が来るとは思わなかった……。

でもまぁ、これも一種のお散歩デートと考えられなくもない……？

「ただの散歩では犬感が出ないので、あの木に向かって立ちションをしてきてください。もちろん四《よ》つん這《ば》いで片脚《かたあし》を上げるスタイルで」

「くぅ～ん……」

無理だ。こんなのお散歩デートのはずがない。

そして犬と同じスタイルで立ちションなんかしたら、俺の人間としての尊厳が失われるのだが、どう回避《かいひ》すればいいんだ……。

「——えっ⁉ レオンちゃん⁉」

木を前にして戸惑《とまど》っていると、どこからか女性の驚《おどろ》いた声が聞こえた。

反射的に振《ふ》り返《かえ》ると、そこには目を丸くしたシエラさんが立っていた。

「こ、これはどういう……⁉」

シエラさんは俺とリリアさんを交互《こうご》に見て動揺《どうよう》している。

確実に頭がおかしいと思われた。この状態で勘違《かんちが》いされないはずがない。

「ち、違《ちが》うんです、これは——」

立ち上がりざまに弁明しようとしたが、リリアさんにふくらはぎを蹴《け》られた。

「レオンさん、犬は二足歩行しないですよ」

「……わん」

反論することはできず、地面に両手をついた。

「よろしい。では、シエラさんに犬語で挨拶《あいさつ》を――」

リリアさんが命令しかけた刹那《せつな》、シエラさんが一気に距離《きより》を詰《つ》めてきた。

そして俺の前に腰《こし》を下ろし、涙目《なみだめ》でこっちを見てくる。

「なんてことをするんですか!!　かわいそうに!!　レオンちゃんのことをいじめないでください!!　ほらほら、ママのところにおいで!!」

シエラさんは絶叫《ぜっきょう》しつつ、強引《ごういん》に俺の頭部を抱《だ》きしめた。

顔全体がやわらかい感触《かんしょく》に包まれ、一気に幸せになる。

「おーよしよし!!　怖《こわ》かったねぇ～～～!!」

「シエラさん、わたしの犬に勝手に触《さわ》らないでください」

そんな暴言を吐《は》いたリリアさんに、シエラさんが毅然《きぜん》と反論する。

「リリア先生こそ!!　私の赤ちゃんを犬扱《あつか》いしないでください!!」

「赤ちゃん……？」

リリアさんが困惑《こんわく》する。シエラさんの主張内容は「犬扱《あつか》いしないでください」という部分は真っ当なのだが、「私の赤ちゃん」の部分がクレイジーすぎるんだよなぁ……。

「シエラさんが何を言っているかよくわかりませんが、レオンさんはわたしに犬扱《あつか》いされて喜んでるマゾなんです」

「リリアさん⁉　違《ちが》いますよ⁉」

「私のレオンちゃんはそんな変態じゃありません‼　私がいないと何もできないし何も考えられない無力な赤ちゃんなんですから‼」

待ってシエラさん、それも絶対に違《ちが》う。

S　S　S

その後、シエラさんの異次元すぎる主張に恐《おそ》れ戦《おのの》いたリリアさんは、罰《ばつ》の終了《しゅうりょう》を宣言したのだが……。

「その首輪は駄犬《だけん》の証《あかし》として、常に着けていてください。寝《ね》る時だろうと外すことは許しません」

「死ぬまで着けていろと……⁉」

「さすがにそこまでは言いません。レオンさんが成長し、モン娘《むす》に勝てるようになったら外すことを許可します。――ただし、無様な結果が続くようなら、拘束《こうそく》具を増やしますから」

リリアさんはそう言って、無情な笑《え》みを浮《う》かべた。

見た目は何《なん》の変哲《へんてつ》もない首輪なので、事情を知らない人が見ても普通《ふつう》のアクセサリーだと考えるだろう。問題はシエラさんだ。この首輪がどういう意味を持っているか知っているわけで……。

　そんな不安を抱《かか》えたまま小屋に戻《もど》ると、シエラさんが飛んできた。

「レオンちゃんおかえり‼　大丈夫《だいじょうぶ》だった⁉　今すぐその首輪を外してあげるね‼」

「あ、いや、この首輪は外すなって言われたので――」

「そんなのおかしいよ！　リリア先生がそんな横暴をするなら、私はレオンちゃんによだれかけを着けたい！」

「異次元の対抗《たいこう》をしないでください……」

S　S　S

　その後、何とかシエラさんに首輪のことを諦《あきら》めてもらい、俺はサバイバル訓練を続けることになった。

　ちょうどその時、小屋のすぐ近くを巨大《きょだい》なイノシシが通りかかった。

「今日の晩ご飯が見つかりましたね。狩《か》りますか」

　俺が殺気を発すると、イノシシはこちらを睨《にら》み付《つ》け、突進《とっしん》してきた。迎《むか》え撃《う》つために抜刀《ばっとう》しようとしたのだが――

「レオンちゃんはケガしたら大変だから、ママに任せて！」

シエラさんは俺を押し止めた後、抜剣《ばっけん》。タイミング良く跳躍《ちょうやく》して向かい来るイノシシを躱《かわ》し、上空から見事な刺突《しとつ》を放つ。

背中側から心臓を一突《ひとつ》きにされたイノシシは、剣《けん》が突《つ》き刺《さ》さったまま数歩だけよろよろ歩いた後、絶命した。

「えっへん！　ママはすごいでしょー！」

シエラさんは誇《ほこ》らしげに言い、すぐさまイノシシの解体を始める。早くしないと肉が不味《まず》くなるからな。

シエラさんは解体の手際《てぎわ》がいいので、将来いい奥さんになりそうだ。結婚《けっこん》したい。

S　　S　　S

シエラさんは友人たちと協力してイノシシ鍋《なべ》を完成させ、５人で夕食を取ることになったのだが……。

「レオンちゃんにはママが食べさせてあげまちゅからね～」

「いや、シエラさん。俺もう麻痺《まひ》が治って自分で食べられるんですが？」

「ダメです。レオンちゃんは赤ちゃんなんだから」

「……」

「ママの言うことを聞かないとダメだよ？」

「……ばぶぅ」

「可愛《かわい》い!!」

言葉に詰《つ》まった結果出た返事が好評を博した。もうダメかもしれない。

「ほら、ママの膝《ひざ》の上においで」

シエラさんはそう言って、自身の真っ白なふとももを指差した。

何これ最高じゃん。

こうして俺は、自分より体が小さいシエラさんの膝《ひざ》に腰《こし》かけ、スプーンが近づいてくる度《たび》に口を開けるだけの存在となった。

ちなみにシエラさんの友人3人は、気まずそうに視線を逸《そ》らしている。

さらに夕食後、シエラさんは怪鳥《かいちょう》の羽毛《うもう》を集めてきて、壁際《かべぎわ》にフカフカのベッドを作ってくれた。俺はそこに寝《ね》かされ、歯磨《はみが》きまでしてもらう。

俺はただ寝《ね》ているだけで良く、すべてやってもらえてしまう。赤ちゃんって王様みたいだな……。

そうこうしているうちに、周囲は完全に夜になった。たいまつを消して就寝《しゅうしん》することになり、すぐ隣《となり》にシエラさんが横たわる。

「——ふふっ。レオンちゃん、おやすみなさい」

シエラさんは笑顔《えがお》でそう言った後、仰向《あおむ》けで眠《ねむ》る俺に、全力で抱《だ》きついてきた。

二《に》の腕《うで》に豊満な胸が押しつけられ、脚《あし》はシエラさんの両脚《りょうあし》で挟《はさ》まれるという、ものすごい状況《じょうきょう》だった。

添《そ》い寝《ね》時にシエラさんと密着することを期待していたが、それどころじゃなかった。彼女の体は色んなところがやわらかくて、俺の体は完全に覚醒《かくせい》してしまった。

S　S　S

結局、俺は一睡《いっすい》もできなかった。この至高の感触《かんしょく》を味わい続けないのはもったいないと思ったのだ。

さすがにこちらから触《さわ》りにいくことはしなかったのだが、シエラさんが寝返《ねがえ》りを打つ度《たび》にいろいろなところが押しつけられて、本当にすごかった……。

やがて日が昇《のぼ》り、屋根代わりにしてある葉の隙間《すきま》から朝日が差し込んでくると、シエラさんたちが起き始めた。

俺たちは温め直した鍋《なべ》の残りで朝食を済ませ、森の入口に集合した。サバイバル訓練終了《しゅうりょう》である。

今日はこれ以降の授業はないらしく、クラスメイトたちは寮《りょう》に帰っていく。

俺もそれに続こうとしたのだが、リリアさんに呼び止められた。

「レオンさんはこのまま特別授業を受けてください」

「えっ、今からですか？」

驚《おどろ》いて聞き返すと、リリアさんはジト目になった。

「……レオンさん。モン娘討伐《むすとうばつ》という課題において、自分が1ミリも進歩していないことを自覚していますか？」

「すみませんでした！」

インターミッション　シエラの苦悩《くのう》

サバイバル訓練を終えて部屋に戻《もど》った私は、レオンちゃんのことを思い返してニヤニヤしました。

昨日は記念日です。レオンちゃんが私の赤ちゃんになった記念日。

レオンちゃんと出会った日、箸《はし》が上手《うま》く使えなかったり、授業の内容がよくわからなかったりと、可愛《かわい》いところをたくさん見つけました。まさに可愛《かわい》いの天才です。

そんなレオンちゃんが麻痺《まひ》で動けなくなり、私がお世話をすることになるなんて、奇跡《きせき》でした。

服を脱《ぬ》がせて体を拭《ふ》いてあげたり、ご飯を食べさせたりできて、本当に最高でした。

……オシッコを手伝ってあげた時は、サイズが赤ちゃんとは違《ちが》いすぎて、ビックリしましたけど。

でも動揺《どうよう》が伝わってはいけないと思い、「可愛《かわい》いね～」と言ってあげました。

私の赤ちゃんは、他の子に比べておちんちんが大きい。それも個性です。ママである私が、受け入れてあげないと。

そんなことより、リリア先生がレオンちゃんに酷《ひど》い仕打ちをしていて、驚《おどろ》きました。しかも「レオンさんはわたしに犬扱《あつか》いされて喜んでるマゾなんです」なんて、自分を正当化していました。

レオンちゃんは、本当にマゾなのでしょうか？　だとしたら、私はどうしてあげたらいいのでしょう……？

子育ては苦悩《くのう》の連続です。

そうだ。今度、レオンちゃんに絵本を読んであげましょう。市販《しはん》品ではなく、自作のものを。

私は紙を用意し、物語を考え始めます。タイトルは……『レオンちゃんのぼうけん』に決定です。

レオンちゃんが喜ぶ顔を思《おも》い浮《う》かべながら、わたしはペンを走らせ始めました。

第4話　勇者を目指すギャルと野宿させていただけた

特別授業のために2人で闘技場《とうぎ》に向かう道中、なぜかリリアさんは俺に冷たい視線を向け続けてきた。

「昨晩は女性4人と同じ空間で過ごしたようですね。しかもあんな狭《せま》い小屋で……」

「はい。おかげで女性への耐性《たいせい》ができました。もうモン娘《むす》なんかに惑《まど》わされません」

「これまでのレオンさんのザコっぷりを見ていると、前振《まえふ》りにしか聞こえないんですが」

「いやいや、今度こそ大丈夫《だいじょうぶ》ですから」

「では、もし今日もスライムのモン娘《むす》に勝てなかったら、罰《ばつ》としてしばらく裸《はだか》で木に縛《しば》り付《つ》けることにします」

「えっ……縛《しば》り付《つ》けですか……？」

もはや罪人に対する仕打ちである。

「モン娘《むす》に惑《まど》わされないのであれば、問題ないですよね？」

「……おっしゃる通りです」

木に縛《しば》り付《つ》けられ、自由を奪《うば》われるところを想像しながら、俺は頷《うなず》いた。

――いや、ダメだダメだ。ちょっと楽しそうだけど、わざと負けたりしてはいけない。

S　S　S

こうして、スライムさんへの4度目の挑戦《ちょうせん》が行われることになった。

第1アリーナの鉄柵《てつさく》が跳《は》ね上《あ》がり、対峙《たいじ》したスライムさんは、なぜか笑顔《えがお》だった。

「ザコのお兄ちゃん！　待ってたよ！」

「えっ？　そうなの？」

「うん！　檻《おり》の中は退屈《たいくつ》だから、ザコのお兄ちゃんをボコることだけが唯一《ゆいいつ》の娯楽《ごらく》なの！」

「そうなのか……ちょっと嬉《うれ》しいかも」

「レオンさん。スライムにボコるのを楽しみにされるのは、勇者として終わっていると思います」

「で、ですよね」

俺は気を取り直し、スライムさんと向かい合う。

今の俺は、昨日までとはぜんぜん違《ちが》う。何せ、シエラさんに添《そ》い寝《ね》してもらい、本物の女性の肉感を知っているのだ。二度とスライムさんに魅了《みりょう》されるものか。

……もっとも、前回みたいにアソコが見えそうになったら心は揺《ゆ》らぐと思うが――

などと思っていた刹那《せつな》、スライムさんが身に纏《まと》っている液状の青いドレスが、うねうねと動き始めた。

「アタシね、何度もお兄ちゃんをボコったことで、レベルアップしたみたいなの！」

スライムさんがそう告げた直後、液状のドレスが天高く舞《ま》い上《あ》がった。

ドレスだけが飛び上がったことで、スライムさんは一糸纏《まと》わぬ姿になった。

「見て見て！　ドレスをこんなに自由に操《あやつ》れるようになったんだよ！」

スライムさんは得意げに叫《さけ》んだが、俺は一瞬《いっしゅん》たりともスライムさん本体から目を離《はな》さない。

というか、女性の秘所が上も下も丸見えなのだから、目を離《はな》せるはずがなかった。

しかもスライムさんは一切隠《いっさいかく》そうとしない。凄《すご》すぎて脳みそが爆発《ばくはつ》しそうだ。

「――食らえっ！」

女体《にょたい》の神秘に釘付《くぎづ》けになっている最中、トロトロの液体が降ってきた。

その液体は俺の体を覆《おお》い、自在に這《は》い回《まわ》る。

「えっ、あっ、ちょっ……!!」

液体が俺の首筋や脇《わき》や股間《こかん》を刺激《しげき》する度《たび》、変な声が出てしまう。

しかもこの液体に触《ふ》れていると、徐々《じょじょ》に力が抜《ぬ》けていく。どうやら、エナジードレインされているようだ。

「あっ、そこ、ダメッ……!!」

リリアさんの前なのに、思わず変な声が出てしまう。

「……情けない……本当にザコですね……」

悶《もだ》える俺を見たリリアさんは、嘆息《たんそく》するのだった。

S　　S　　S

呆《あき》れ顔《がお》のリリアさんに救助された後、ついさっきまでサバイバルしていた森に戻《もど》された。罰《ばつ》が執行《しっこう》されるのである。

リリアさんは大木の前で立ち止まり、こう告げる。

「この木に縛《しば》り付《つ》けることにします。わたしにも慈悲《じひ》があるので、全裸《ぜんら》にはしません。下着は残してあげましょう」

「縛《しば》り付《つ》けるのに慈悲《じひ》……？」

「何か？」

「何でもないです……」

大人しく服を脱《ぬ》ぐと、鎖《くさり》の準備を終えたリリアさんがまじまじ見てきた。

「……ふむ。やはりいい筋肉ですね」

そうつぶやくリリアさんは楽しそうで、機嫌《きげん》が直っているように見える。

もしかすると、筋肉が好きなのだろうか？

「レオンさんのいいところは筋肉だけですね」

「ありがとうございます」

「褒《ほ》めていません」

鋭《するど》く言った直後、リリアさんは鎖《くさり》を使って俺を厳重に大木に縛《しば》り付《つ》けはじめた。

「俺はどのくらいこの状態でいればいいんですか……？」

「知りません」

「リリアさんが知らなかったら、世界中の誰《だれ》にもわからないのでは……？」

「正確には考えていません。レオンさんが十分に反省したら戻《もど》ってきます」

「どうやって俺の反省度合いを知るんですか？」

「黙《だま》りなさい」

リリアさんは不機嫌《ふきげん》そうに言い、去っていった。

周囲に人や魔物《まもの》の気配はない。聞こえるのは風の音だけだ。

やることがないので、シエラさんの胸の感触《かんしょく》や、さっき見たスライムさんの裸《はだか》を思い出すことにした。本当に最高だった。

そのまま悶々《もんもん》とする時間を過ごしていたのだが、待てど暮らせどリリアさんが戻《もど》ってきてくれない。もしや、俺が反省していないことを察知しているのか……？

だとしたら、マズい。俺には反省する気持ちが、これっぽっちもないのだ。

だって、あの状況《じょうきょう》でスライムさんに目を奪《うば》われるのは仕方ないことだし……。

とはいえ、このまま放置されて餓死《がし》したら、普《ふ》通《つう》に殺人事件なのでは……？

そんなことを考えていたら、だんだん眠《ねむ》くなってきた。

やることもないし、ちょっとくらい寝《ね》てもいいか……。

S　S　S

突然《とつぜん》、頰《ほお》に突《つ》き刺《さ》されるような痛みを覚え、俺は目を覚ました。

目を開けると、肩《かた》を露《ろ》出《しゅつ》したピンク髪《がみ》の女性が、夕日に照らされて立っていた。リリアさんやシエラさんに匹敵《ひってき》するくらいの美少女だった。

名前はわからないが、見覚えがあるので、たぶん同じクラスの子だ。

彼女の手にはその辺に落ちていたと思《おぼ》しき棒が握《にぎ》られており、鋭《するど》い先端《せんたん》を俺の頰《ほお》に食い込ませている。

「――あ、生きてた」

女性は俺の顔を覗《のぞ》き込んで生存を確認《かくにん》した後、持っていた棒を投げ捨てた。

「よかった～、死体かと思ったよ～。ねぇねぇ、なんで縛《しば》られてんの？　魔物《まもの》にやられたんじゃないよね？」

至極《しごく》真っ当な質問を受けた俺は、言葉に詰《つ》まる。

スライムさんに負けた罰《ばつ》であることは、できれば知られたくないな……。

「こ、これは……その……リリアさんに……」

「あー、なんか罰《ばつ》受けてる感じ？　いやでも、さすがに過酷《かこく》すぎじゃね？」

「同感です」

「んで、リリアせんせーは？」

「俺を置いてどこかに行きました」

「鬼《おに》か？」

「いや、まぁ、元はといえば俺が怒《おこ》らせたのが悪いので……」

「ふーん、受け入れてる感じなんだ。じゃあさ、写真撮《と》っていいよね！」

言うが早いか、謎《なぞ》の女性は首から下げている謎《なぞ》の機械を両手で持ち上げた。

「？　なんですかそれ？」

「写真機だよ。知らない？」

「あ、聞いたことがあります。たしか、目の前の景色をそのまま切り取れるとか」

「そうそう。これを使えば、罰《ばつ》を受けてるレオンっちの姿を、クラスのみんなにも見せられるってわけ」

「――えっ、ちょっ、それは困ります。やめてください」

俺は身をよじったが、鎖《くさり》はガチガチに巻きつけられていて、何もできない。顔や股間《こかん》を隠《かく》すことすらも……。

「あはは、抵抗《ていこう》できないのウケる～。ってことで、ぱちゃー☆」

女性がスイッチを入れた瞬間《しゅんかん》、写真機から強い光が放たれた。

かと思うと、写真機の上部から分厚い紙のようなものが排出《はいしゅつ》された。

「すぐにできるから、楽しみにしててね～」

「何一つ楽しみな要素がないんですが……」

どうにかして、その写真というものを回収しなければ。まずはこの鎖《くさり》を外してもらわないといけないが……。

「えっと、あなたはたしか、同じクラスの……」

「フィオナだよ！　よろしくね！」

フィオナさんは写真機を下ろし、両手でピースサインを作った。

今の所よろしくできる要素が1つもないが、美少女なので可能な限りよろしくしたいとは思う。

「あ、ほらほら、写真できたよ」

フィオナさんが差し出してきた紙には、俺が半裸《はんら》で木に縛《しば》り付《つ》けられた間抜《まぬ》けな姿が、鮮明《せんめい》に映し出されていた。

最悪である。

「今すぐ燃やしてください」

「やだ。クラスのみんなに見せるの」

「俺が社会的に死ぬんですが」

「大丈夫《だいじょうぶ》っしょ、最高にキモく撮《と》れてるし」

「フィオナさんにとって大丈夫《だいじょうぶ》の概念《がいねん》とは？」

聞き返したが、フィオナさんは笑うばかりで答えようとしない。その笑顔《えがお》は最高に美しかった。

「てかさ、レオンっちは何の罰《ばつ》受けてんの？」

忌《い》まわしい写真をヒラヒラさせつつ、フィオナさんが質問してきた。

「あんな強くて、教官補佐になってたのに」

「……えっと、特別授業でちょっと」

「ちょっとって、何やったん？　めっちゃ気になるんだけど」

「それは……その……」

「言いづらい系？」

「俺の名誉《めいよ》に関わる系です」

「これだけ恥《は》ずかしい姿さらしてんのに？」

「今以上に俺の名誉《めいよ》が失墜《しっつい》して、回復不能になります」

「何それ絶対知りたいんだけど！　教えてくんないと、イタズラしちゃうぞ～！」

言うが早いか、フィオナさんはさっき捨てた棒を拾い上げて、先端《せんたん》で俺の首をくすぐってきた。


「ほ～ら、こちょこちょ～」

「ちょっ！　フィオナさん！　やめてください！」

「やめてほしかったら、何の罰《ばつ》なのか言うのだ～」

「それはできな……あっ……ダメッ」

「うわ、キモッ」

思わず漏《も》れ出た声を聞いたフィオナさんはドン引きし、枝を引っ込めた。

「なに喘《あえ》いでんの？　感じちゃったわけ？」

「いや、悪いのはくすぐってきたフィオナさんで……」

「はっ？　レオンっちがキモいだけでしょ？　責任転嫁《てんか》しないでくんない？」

フィオナさんは眉間《みけん》にしわを寄せ、こちらを睨《にら》んできた。

その立ち姿には、思わず謝りたくなる凄《すご》みがある。

「す、すみませんでした……」

「うん、許してあげる。で、レオンっちは何の罰《ばつ》を受けてんの？」

フィオナさんは木の枝を構え、改めて聞き直してきた。どうやら、口を割るまで許してもらえないようだ。

こうなったら、覚悟《かくご》を決めるしかない……。

「……実は、スライムのモン娘《むすめ》に魅了《みりょう》されて、惨敗《ざんぱい》しまして……」

「え、何それ、ウケんだけど」

フィオナさんは目を丸くした後、嘲笑《ちょうしょう》してきた。

「てか、わざわざ特別授業するほどじゃなくね？　スライムのモン娘《むす》なんか誰《だれ》でも倒《たお》せるっしょ」

「……俺は4連敗しているので……」

「は？　なんで？　相手スライムでしょ？」

「それはわかってはいるんですが、どうしても目を奪《うば》われてしまって……」

「性癖特殊《せいへきとくしゅ》すぎっしょ」

「そ、そうですか？」

「当たり前じゃん。モン娘《むす》って魔物《まもの》だし、エロい目で見るのはキショい。犬とかに興奮するのと同じじっつーか」

「いや、でも、見た目は普通《ふつう》の女性とほぼ変わらないわけですし……」

「あー、レオンっちって、もしかして童貞《どうてい》？　そういうことで頭の中いっぱいで、相手誰《だれ》でもいい感じなん？」

「………」

思わず押し黙ると、フィオナさんはニヤニヤ笑いを浮《う》かべた。

「え、マジ？　そんなに強いのに、女子に言い寄られたことないの？」

「……女性と関わらない人生を送ってきたので……」

「ふ～ん。じゃあさ、女子に対して夢持ちまくってる感じ？」

「そうですね……」

「あんなことやこんなことで、頭がいっぱい的な？」

「そ、それは違《ちが》いますけど」

「ほんとに？　正直に話したら、いいもの見せてあげるよ？」

「いいもの……？」

「おっぱい！」

フィオナさんは満面の笑《え》みで言い、大きな胸を得意げに張った。

「あんなことやこんなことで頭がいっぱいの童貞《どうてい》です！　よろしくお願いします！」

期待に胸を高鳴らせつつ告白すると、フィオナさんは嘲笑《ちょうしょう》した。

「いやいや、必死すぎだから。てか、おっぱいなんか見せるわけないじゃん。バカなん？　キモッ」

「…………」

悪魔《あくま》みたいな発想をする人だった。

とはいえ、こんな綺麗《きれい》な女性が「おっぱい」って単語を言っているの、メチャクチャ興奮するな……。

「え……なんか勃《た》ってね？」

フィオナさんは俺の下腹部を見て顔を顰《しか》めた。今の俺が身に着けているのは下着1枚なので、形状が丸わかりなのである。

「ウチのおっぱい想像しただけで興奮したってこと？　ヤバすぎっしょ」

「す、すみません……」

今にも消え入りそうな声量で謝罪した。恥《は》ずかしすぎて今すぐ死にたいが、身動きが取れないので、それすら許されない。

「いや、まぁ、自分じゃ制御《せいぎょ》できないって聞いたことあるし、謝らなくていいけどさ……」

フィオナさんは俺の下腹部に視線を送りながら、気まずそうにつぶやいた。

かと思うと、いたずらっ子のような笑《え》みを浮《う》かべ、俺の目を見つめてくる。

「レオンっちって面白《おもしろ》いね。ウチとダチになろーよ」

「よくこの状況《じょうきょう》でそんな提案ができますね。俺、パンツ一丁で縛《しば》られているんですよ？」

「だからじゃん。こんな変態見たことなくて面白《おもしろ》いし」

なぜかプラスに受け取られていた。普通《ふつう》だったら、絶対に関わりたくないと思うんだが。

「ダチにならないなら、この写真クラスのみんなに見せまくるね」

「ズッ友になりましょう！」

「うえ～い！　あげ～！」

「う、うえ～い！」

ヤケクソになってテンションを合わせる俺だった。

「……わたしがいない間に、いったい何があったんですか」

唐突《とうとつ》にリリアさんの声が聞こえ、俺とフィオナさんは驚愕《きょうがく》した。

話に夢中になっていて、リリアさんの接近に気づかなかったのだ。

「あ！　リリアせんせー！　ウチらズッ友になったよ！」

「えっ……？　この半裸《はんら》の変態とですか……？」

リリアさんは驚愕《きょうがく》しているが、俺をこんな格好にしたのは彼女自身である。

「そんなことよりリリアさん、さすがに俺のことを放置しすぎ――」

「黙《だま》りなさい」

　苦情を言い終える前に叱《しか》られた。

「急用ができて、レオンさんに拘《かかず》っている余裕《よゆう》がなかったのです」

「……急用なら仕方ないですね」

　すぐさま調子を合わせると、リリアさんは咳払《せきばら》いをした。

「具体的には、ドラゴンの討伐《とうばつ》を依頼《いらい》され、その準備をしていたのです。これからすぐに出発します」

「えっ、今からですか？　もうすぐ夜ですよ？」

「魔物《まもの》の襲撃《しゅうげき》に、昼も夜も関係ありませんから」

「な、なるほど……。それも教官の仕事なんですか？」

「はい。近隣《きんりん》地域に強力な魔物《まもの》が出現した際、討伐依頼《とうばついらい》をされることがあるんです。先日のドラゴンもそうして依頼《いらい》されたものでした」

「大変なんですね……」

「ちなみに、教官は学生の中から適任者を選び出し、パーティを組んでもいいことになっています」

「そうなんですか？　でも、この前のドラゴンとは1人で闘《たたか》っていましたよね？」

「それはうちのクラスに、役に立ちそうな学生がいなかったからです。半端《はんぱ》な戦力は足枷《あしかせ》になる可能性が高いですから」

「あー、それで……」

作戦の立て方によっては戦力が低い人を活用する方法もあるが、相手がドラゴンとなると話は別だ。一つ間違《まちが》えば即死《そくし》する危険もあるからな。

「というわけでレオンさん。教官補佐として、わたしの討伐《とうばつ》任務に同行してください」

「――えっ？」

「レオンさんは特殊《とくしゅ》な条件下でなければ、わたし以上の戦力になりますからね。もちろん拒否《きょひ》権はありません」

「は、はい……」

「えー！　レオンっちばっかりズルーい！」

しばらく静かにしていたフィオナさんが、急に大声を出した。

「ウチも生でドラゴン見たーい！　リリアせんせー、ウチもついてっていいっしょ？」

「ダメです」

「え～！　ドラゴンの写真撮《と》りたーい！　邪魔《じゃま》しないから～！　遠くから見学するだけ～！」

「……仕方ないですね。死んでも知りませんよ？」

「はーい！」

リリアさんが物騒《ぶっそう》な確認《かくにん》をし、フィオナさんは笑顔《えがお》で同意した。

フィオナさんの戦闘《せんとう》レベルがどの程度かは知らないが、ドラゴンとの戦闘《せんとう》を見ることはいい経験になると判断したのだろうか。

「馬車を手配しているので、すぐに支度《したく》してください」

「はーい！　ウチ、いったん寮《りょう》に行って、すぐに戻《もど》ってきまーす！」

フィオナさんは太陽のような笑顔《えがお》で言い、弾《はず》むような足取りで去っていった。

「あの……リリアさん。そろそろ鎖《くさり》を外してもらえませんか？」

恐《おそ》る恐《おそ》る問いかけると、リリアさんは侮蔑《ぶべつ》するような視線を向けてきた。

「面倒《めんどう》くさいですね……」

「いや、縛《しば》ったのはリリアさんですからね……？」

S　S　S

ようやく鎖《くさり》から解放された俺はすぐさま服を着て、リリアさんが手配した馬車に乗り込んだ。

馬車の荷台は大人8人が横になれるくらいの広さで、乗っているのは俺たち3人だけなのだが忙《せわ》しなさすぎる……。

が――

「あ！　予備の鞭《むち》見っけ！　レオンっちお馬さんごっこしよ！　四《よ》つん這《ば》いになって！」

さすがに騒《さわ》ぎすぎだと、俺は両手を床《ゆか》につきながら思った。

「ヒヒーン」

馬っぽい鳴き声を出すと、フィオナさんは嬉々《きき》として俺の上に跨《また》がった。

「走れ！　レオンっち！」

フィオナさんは嬉《うれ》しそうに叫《さけ》び、俺の尻《しり》に鞭《むち》を打ちつけた。打撃《だげき》音が鳴《な》り響《ひび》き、尻《しり》に鋭《するど》い痛みが走る。

なんという理不尽《りふじん》かつ屈辱《くつじょく》的な状況《じょうきょう》だろうか。しかし不思議と、嫌《いや》だという気持ちは一切《いっさい》起きなかった。

俺は四つん這《ば》いのまま、荷台の中を歩き回る。体が揺《ゆ》れるたび、フィオナさんのやわらかいお尻《しり》が背中に当《よ》たって幸せになった。

「……2人とも、動き回られると鬱陶《うっとう》しいんですが」

リリアさんが殺気の籠《こも》った声音《こわね》で注意してきた。眼光が鋭《するど》すぎて、スライムくらいなら殺せそうだ。

「でもさリリアせんせー、着くまでヒマじゃん」

「レオンさんに跨《また》がっても時間の有効活用にはならないので、今すぐやめてください。ヒマを潰《つぶ》したいと言うなら、到着《とうちゃく》までの間、授業をしましょう。教科書の内容はすべて頭に入っているので――」

「あ、ウチ到着《とうちゃく》まで寝《ね》るので大丈夫《だいじょうぶ》で〜す！」

フィオナさんはそそくさと俺の体から降り、寝転《ねころ》がって寝《ね》たふりを始めたのだった。

S　S　S

それから2時間ほど馬車に揺《ゆ》られ、ドラゴンの目撃《もくげき》情報があった山の麓《ふもと》に到着《とうちゃく》した。

ここから先は道が険しくなるので馬車では進めず、自分の足で登らなければならない。

「野宿に適した場所を見つけたら、夜明けまで休むことにしましょう」

リリアさんはそう言い、たいまつに火をつけた。すでに日は落ちており、探索《たんさく》は難しいと判断したのだろう。

たいまつと月明かりを頼《たよ》りに、急な山道を進む。

しばらく登ると、水の音が聞こえてきた。近くの地面を調べてみると、お湯が滲《にじ》み出《で》て溜《た》まっているところを見つけた。

「温泉が自噴《じふん》しているようですね。有毒なガスは溜《た》まっていないようです。ここに拠点《きょてん》を作ることにしましょう」

リリアさんの提案に異論はなかった。俺たちは枯《か》れ木《き》を集め、火を起こす。

「ねぇねぇリリアせんせー、野湯に入りたくない？　あそこ掘《ほ》ったら入れそうじゃね？」

フィオナさんが滲《にじ》み出《で》てくるお湯を指差しながら言った。

「そうですね。レオンさん、お願いできますか？」

「お任せください！」

野湯は混浴と相場が決まっていると聞いたことがあるので、いくらでも地面を掘《ほ》ってやる。

「言っておきますが、入浴は男女別ですよ」

「……わかっています」

世の中はそんなに甘くなかった。

S　S　S

気落ちしつつも、近くにあった岩を運んで囲いを作り、木を削《けず》って作ったスコップで地面を掘《ほ》り始めた。

すると湧《わ》き出すお湯の量がみるみる増えていき、1時間ほどで大人2人が悠々《ゆうゆう》入れそうな野湯が完成した。

「俺は後でいいので、お2人が先にどうぞ」

「レオンっち、覗《のぞ》いちゃダメだよ？」

「変なことをしたら殺します」

2人から釘《くぎ》を刺《さ》されたが、正直この2人の入浴シーンには命をかけられる。

俺は少し離《はな》れた場所に移動した後、木に登りはじめた。

もちろんこれは近くにドラゴンが潜《ひそ》んでいないか調べるためであり、上空から覗《のぞ》くことを目的にしたわけではない。

ただ、ドラゴンを索敵《さくてき》している最中に、さっきの野湯が偶然《ぐうぜん》視界に入ってしまう可能性は否定できない。

期待に胸を膨《ふく》らませつつ、なるべく音を立てずに大木を登っていく。

そして大木の頂点に達したところで、空を飛ぶ火竜《かりゅう》と目が合った。

しかもその背には、フードを被《かぶ》ったドラゴン使いが乗っている。

「――えっ⁉　なんで⁉」

俺の姿を認めたドラゴン使いは驚愕《きょうがく》し、悲鳴に近い声を出した。

「アンタが武装解除したら不意打ちしようと思ってたのに、どうして気づいたの⁉」

この疑問に対し、俺は動揺《どうよう》を隠《かく》して返答する。

「お前の考えなんか、すべてお見通しだからだ！」

啖呵《たんか》を切った俺は、ただの偶然《ぐうぜん》であることがバレる前に斬《き》りかかろうとする。

――が、刀を持ってきていないことを思い出した。木を登るのに邪魔《じゃま》だったのだ。

素手《すで》で闘《たたか》う？　いや、無理に決まっている。

「……ちょ、ちょっと待っていろ！」

急いで刀を取ってこようとしたが、ドラゴン使いに大人しく待機している義理はない。

「ドラゴンちゃん！　火焔《かえん》の息をお見舞《みま》いしなさい！」

ドラゴンが口を開いたので、俺は慌《あわ》てて飛び退《と》いた。

直後、吐《は》き出《だ》された爆炎《ばくえん》によって木々の先端《せんたん》が消し飛び、空が真っ赤に染まる。

飛び降りるのが1秒遅《おく》れていたら、俺は消し炭になっていただろう。

時おり木の枝を踏《ふ》んで落下スピードを緩和《かんわ》しつつ、拠点《きょてん》に戻《もど》る。一刻も早く刀を手に入れなければ――

だが拠点《きょてん》に戻《もど》った瞬間《しゅんかん》、全裸《ぜんら》のリリアさんとフィオナさんが視界に飛び込んできた。

おそらく、さっきの爆発《ばくはつ》で異常を察し、服を着ようとしていたのだろう。2人とも野湯の中で立ち上がっており、月明かりによって裸体《らたい》の輪郭《りんかく》が浮《う》かび上《あ》がっている。

「――きゃあっ!!」

フィオナさんは俺の姿を認めるなり両手で恥《は》ずかしい部分を隠《かく》し、お湯の中に身を沈《しず》めた。

「レオンっち変態!!　さっさと出てけっ!!」

一方、リリアさんは体を隠《かく》しているものの、まっすぐ立ったまま、俺の背後に広がる闇《やみ》を睨《にら》み付《つ》けている。

もしかするとドラゴンが迫《せま》ってきているのかもしれないが、一糸纏《まと》わぬ姿のリリアさんから目が離《はな》せない。

もっとも、明かりは月光とたいまつだけなので、大体の体形ぐらいしかわからないのだが。

などと前方を注視していた刹那《せつな》、背後で再び爆発《ばくはつ》が起きた。

そして木々が燃え上がる中、先程《さきほど》のドラゴンが姿を現す。

「3人まとめて消し炭にしてやるわ!! やるわよドラゴンちゃん!!」

「グオオオオ!!」

ドラゴン使いの呼びかけに応じるように、ドラゴンが咆吼《ほうこう》した。

さすがの俺もリリアさんたちに背を向け、刀を拾って身構える。

「俺が相手している間に、服を着てください」

ドラゴンとの闘《たたか》いは、小さなミスがすべて死に直結する。たとえ一瞬《いっしゅん》たりとも、気を緩《ゆる》めてはダメだ。

とはいえ、背後で着衣中のリリアさんたちが気になりすぎて、いまいち身が入らないのだが

――

「レオンさんのことだからわたしたちの裸《はだか》が気になっているんでしょうが、今は闘《たたか》いに集中してください！　ドラゴンを倒《たお》したら好きなだけ見せてあげますから！」

すべてお見通しなリリアさんが発破をかけてきた。

一瞬《いっしゅん》遅《おく》れてその発言内容を理解し、驚愕《きょうがく》する。

好きなだけ見せてもらえるだと……⁉

だとしたら、こんなところで死ぬわけにはいかない‼

俺は全力で地面を蹴《け》り、木々の合間に飛び込んで身を隠《かく》した。

ドラゴンと正面からやり合うのは自殺行為《こうい》なので、まずは付け入る隙《すき》を作らなければ。

もし今ドラゴンがリリアさんとフィオナさんを狙《ねら》ったら、俺は守りに戻《もど》らざるを得ない。しかし、十中八九そうはならないだろう。あのドラゴン使いは、不意打ちしてきた俺にドラゴンを一撃《いちげき》で殺されたトラウマがある。視界から消えたら、何をされるかわからないという恐怖《きょうふ》を抱《いだ》くはずだ。

「──ドラゴンちゃん！　あの男を追いなさい！　絶対に見失わないで！」

この命令を受け、ドラゴンはその巨体《きょたい》をこちらに向けて走り出した。想定通りだ。

俺は生《お》い茂《しげ》る木々を避《よ》けながら山道を駆《か》ける。

まずはリリアさんたちから距離《きょり》を取り、2人の安全を確保しよう。そのためには、適度な距離《きょ》《り》を保ちつつ、ドラゴンを引きつけなければ。

とはいえ、1人でドラゴンと闘《たたか》うのは得策ではない。リリアさんが駆《か》けつけてくれたら、挟《はさ》み撃《う》ちにできるんだが──

策略を巡《めぐ》らせている最中、追いすがるドラゴンが火焔《かえん》の息を吐《は》き、自身の前方にある木々を焼《や》き払《はら》った。

俺は何度も走る方向を変え、常に自分とドラゴンの間に木々があるように調整する。

そうして逃亡《とうぼう》を続けていると、ドラゴンが吐《は》く炎《ほのお》によって燃える範囲《はんい》が段々狭《せば》まっていることに気がついた。もしかすると、連続して撃《う》つと威力《いりょく》が弱まるのかもしれない。

——それなら話は早い。

俺はドラゴンが火を吐《は》き終えると同時に方向転換《てんかん》し、燃《も》え盛《さか》る大木の真横を駆《か》け抜《ぬ》け、ドラゴンとの距離《きょり》を一気に詰《つ》める。

爆煙《ばくえん》に紛《まぎ》れたので、すぐには気づかれなかった。

「——っ⁉　ドラゴンちゃん気をつけて‼」

反撃《はんげき》に転じたことを察したようだが、今更遅《いまさらおそ》い。

火焔《かえん》を吐《は》き終えたドラゴンの真下に到達《とうたつ》したところで地面を蹴《け》り、跳躍《ちょうやく》。右の眼球を目がけ、刀を水平に薙《な》いだ。

「グオオオオオ‼」

ドラゴンが雄叫《おたけ》びを上げ、体を大きく仰け反らせる。

これで右側に死角ができた。一度身を隠《かく》してもいいし、このまま左目を狙《ねら》って勝負を決めてもいいが——

思案している最中、向こうからリリアさんが駆《か》けてくるのが見えた。であれば、俺が注意を引きつけておいた方がいいな。

背後に回り込もうとすれば、リリアさんの存在に気づかれるかもしれない。巨体《きょたい》の下に潜《もぐ》り込むことを決め、駆《か》け出《だ》した。

すると怒《いか》り狂《くる》ったドラゴンは俺を目掛《めが》け、右腕《みぎうで》を振《ふ》り下ろした。

咄嗟《とっさ》に方向転換《てんかん》して飛び退《の》くと、一瞬《いっしゅん》前まで俺がいた地面が砕《くだ》け散《ち》った。接近し過ぎるのは危険だ。1秒でも早く裸を見たくて、決着を急いだことを反省した。

ドラゴンは残った左目で俺を睨《にら》み、大きく息を吸う。

反射的に大木の後ろに飛び込んだ直後、火焔《かえん》が放たれた。

大木が焼《や》き尽《つ》くされる中、高熱に耐《た》えていると、急に火焔《かえん》の放出が止まった。

様子を窺《うかが》うと、リリアさんがドラゴンの背中に飛び乗り、剣《けん》で斬《き》りつけていた。

さらに背中を駆《か》け上《あ》がり、ドラゴン使いに迫《せま》る。

「――ドラゴンちゃん！　ヤバそうだから撤退《てったい》して！」

ドラゴン使いは絶叫《ぜっきょう》しつつ、リリアさんに鞭《むち》を喰《く》らわせて振《ふ》り落《お》とした。

直後、ドラゴンが羽ばたいて上空に飛び去っていく。

今から木に登っても追いつけないだろう。取《と》り逃《に》がしてしまったのだ。

ドラゴンを倒《たお》せなかった……。つまり、好きなだけリリアさんの裸《はだか》を拝ませてもらえるという約束も、一緒《いっしょ》に飛び去ってしまったわけだ……。

S　S　S

戦闘後《せんとう》、ドラゴンが起こした火災はどんどん勢力を増していき、森の木々を燃やし尽《つ》くしていった。

しかし、俺たちにはどうすることもできない。なるべく早く鎮火《ちんか》することを祈《いの》るしかないのだ。

「ドラゴンは仕留め損《そこ》ねましたが、レオンさんが大ケガを負わせたので、しばらくは大人しくしているはずです。一度学園に戻《もど》りましょう」

リリアさんが淡々《たんたん》と告げた。火竜《かりゅう》との戦闘《せんとう》時に火災が起きるのはよくあることなので、割り切っているのだろう。

「……それにしても……」

フィオナさんと合流するため、先ほどの拠点《きょてん》を目指して走っていると、リリアさんが俺をまじまじ見つめてきた。

「ドラゴンに追われている状況《じょうきょう》で弱点を見出《みいだ》す冷静さ。そこから攻撃《こうげき》に転じられる勇敢《ゆうかん》さ。闇《やみ》夜《よ》でも正確な攻撃《こうげき》を繰《く》り出《だ》す戦闘《せんとう》センス……。レオンさんは女好きの変態で気色悪いマゾヒストなことを除けば完璧《かんぺき》なのに……」

「いやいや、そのマイナスポイントは全部誤解ですから」

「ふーん……。ところで、最初のドラゴンの攻撃《こうげき》は上空で発生したようですが、いったい何があったんですか？」

「それは……木に登ったら、ドラゴンと遭遇《そうぐう》して……」

「なんで木に登っていたんですか？」

「えっとですね、ドラゴンの気配を察知して――」

「それならなぜ、刀を持って登らなかったんですか？」

「……すみませんでした！」

俺は女好きの変態だと認める他なかった。

S　S　S

その後、俺たちはフィオナさんと合流し、麓《ふもと》を目指して歩き出したのだが――

「マジ最悪。お風呂《ふろ》覗《のぞ》かれるし、ドラゴンの写真撮《と》れなかったし」

フィオナさんからの苦情が止まらなかった。

「故意に覗《のぞ》いたわけじゃありません。ドラゴンと遭遇《そうぐう》して、ここに置いていた刀がないとどうしようもなかっただけですから」

「でも、ウチらの裸《はだか》見て興奮したんでしょ」

「……あの時はそれどころじゃありませんでした」

「いやいや、ガン見してたよ。ね、リリアせんせー？」

「間違《まち》いありません。レオンさんから熱視線を感じて、ものすごく不快でした」

「申し訳ありませんでした……」

真っ暗でほとんど何も見えなかったのにと思いつつ頭を下げると、フィオナさんにも睨《にら》まれた。

「許してほしかったら、慰謝料《いしゃ》を払《はら》って」

「……えっとですね、お詫《わ》びの気持ちはあるんですが、あいにく俺は一文無しで――」

と言葉を選んでいる途中《とちゅう》で、ドラゴンの死体を売って得たお金をリリアさんに預けていることを思い出した。

「あ、そうだ。リリアさ――」

「レオンさんから預かっているお金はすべて没収《ぼっしゅう》することに決めました」

「なっ、なぜ――」

「ジロジロ見られたことに対する慰謝料《いしゃ》です」

「異論はありません」

むしろあの金額で済んで良かったと思うべきである。

「というわけで、フィオナさんに支払《しはら》うお金はありませんでした」

「はぁ？　ないなら体で払《はら》ってもらうことになるけど？」

フィオナさんが不穏《ふおん》なことを言い出した。

もし俺たちが男女逆だったら、このセリフを聞いてエッチなことを想像していただろう。

しかし、俺は男だ。「体で払《はら》う」と言われた場合、「肉体労働をしろ」という意味に決まっている。

「いいですよ。何をすればいいんですか？」

「まず、ウチの彼ピになって」

「恋人《こいびと》ってこと」

「……彼ピ？」

「──はいっ⁉」

思いもよらない提案すぎて、意味がわからなかった。

まさか、フィオナさんは俺に惚《ほ》れているのか……⁉

「レオンっちは初日にケンタウルスを単独討伐《とうばつ》して、教官補佐になったじゃん？　女子はみんな、かなり注目してるんだよね。だからレオンっちが彼ピになったら、クラス中の女子にマウント取れるの」

「すごく不純な動機ですね……」

「別にいいじゃん。それに、ウチが彼女になったら、レオンっちにもメリットあるんだし」

「メリット……」

思わずフィオナさんの胸元《むなもと》に視線を落とす。

シエラさんには及《およ》ばないが、かなり発育はいい方のようだ。

もしフィオナさんと付き合うことができたら、これを好き放題できるのか……!!

などと胸を弾《はず》ませていると、フィオナさんは眉間《みけん》にしわを寄せ、ゴミ虫を見るような目つきになった。

「キモッ。何考えてるか丸わかりなんだけど」

「す、すみません……」

「メリットっていうのは、モン娘《むす》のこと。前にどっかで、『恋人《こいびと》がいる男性はモン娘《むす》に魅了《みりょう》されづらくなる』って聞いたことあるの。好きピがいれば、モン娘《むす》ごときに惑《まど》わされなくなるってことっしょ」

「……なるほど」

たしかに、彼女を作ってイチャイチャすれば、女性に対する免疫《めんえき》はできるだろう。

「ウチ普通《ふつう》に可愛《かわい》いし、本気出したらレオンっちを落とせると思うんだよね。女性に慣れてなくて、チョロそうだし」

「……免疫《めんえき》がないので、惚《ほ》れっぽいという自覚はあります」

「でしょ？　モン娘《むす》より断然人間の女性の方がいいって、ウチがわからせてあげる！」

「よ、よろしくお願いします」

「じゃあ今日からレオンっちはウチの彼ピ（仮）ってことで。あくまで彼ピ（仮）だから、肉体的な接触《せっしょく》は禁止ね」

フィオナさんはそう言って、小悪魔《こあくま》のような笑《え》みを浮《う》かべた。

「リリアせんせーも、別にいいですよね？」

「……当校は自由恋愛《れんあい》を認めていますから、わたしに許可を取る必要はありません」

突然《とつぜん》質問されたリリアさんが、眉間《みけん》にしわを寄せながら答えた。

「ちなみに、俺は彼ピになるだけで、体で払《はら》ったことになるんですか？」

「あー、それはちょっと違《ちが》うかな。レオンっちには、ウチと色んな所にデートに行ってほしいんだよね」

「デート、ですか」

「うん。まぁ、詳《くわ》しいことは2人きりの時に説明するよ」

フィオナさんはどこか気まずそうに言った。心なしか、リリアさんの視線を気にしているようだ。

もしかして、他人に言えないような場所にデートに行くつもりなのか？　『肉体的な接触《せっしょく》は禁止』というのはリリアさんの手前言っただけで、俺は大人の階段を上ることになるのか？

そうなのか？

期待に胸と股間《こかん》が膨《ふく》らみまくる。

こうして俺は、ドラゴンとの戦闘《せんとう》中にお風呂《ふろ》を覗《のぞ》いたことにより、フィオナさんのズッ友から彼ピ（仮）にクラスチェンジしたのだった。

インターミッション　リリアの苦悩《くのう》②

学校に戻《もど》る馬車に揺《ゆ》られながら、わたしは今日のことを思い返す。

具体的には、すぐそこで無様な寝顔《ねがお》を晒《さら》しているレオンさんに、お風呂《ふろ》を覗《のぞ》かれたことを。

暗かったからほとんど見えなかったとは思うが、思い出すだけで体が熱くなる。お風呂《ふろ》のすぐ横でたいまつが燃えていたので、もしレオンさんの視力が異常に良かった場合は、見えてしまっていた可能性がある。

それにしてもあの時は、ドラゴンが背後に迫《せま》っているレオンさんが一歩も動こうとしなくて、愕然《がくぜん》とした。文字通り命がけで、わたしの裸《はだか》を見ようとしていたのだから。

いくら何でも性欲が強すぎる。一歩間違《まちが》えれば死んでいたというのに。

その後もわたしの裸《はだか》が気になっていたようだから、思わず「ドラゴンを倒《たお》したら好きなだけ見せてあげます」と言ってしまった。レオンさんの命を守るために必死だったのだ。

レオンさんがドラゴンを引きつけて移動した後、勢いで大変なことを言ってしまったと、本気で悔《く》やんだ。

でも、そのご褒美《ほうび》の効果もあったのか、レオンさんのドラゴンとの戦闘《せんとう》は見事だった。わたしもあんな闘《たたか》いができたらと、羨《うらや》ましく思う。

天がレオンさんにまともな人間性を与《あた》えなかったことが、悔《く》やまれてならない。

だけど結局、ドラゴンは取《と》り逃《に》がしてしまった。そのおかげで裸《はだか》を見せなくて良くなったので、喜び3、悔《くや》しさ7くらいの複雑な心境だった。

その後、レオンさんがフィオナさんの彼ピ（仮）という意味不明な存在になった。

フィオナさんはわたしに交際の許可を求めてきたが、そもそも教官にそんな権限はない。

それに、レオンさんがフィオナさんと男女の関係になり、モン娘《むす》に対する耐性《たいせい》ができることは、わたしにとって望ましいはず。

……でも、このモヤモヤする気持ちは、いったい何なのか……。

第5話　ギャルに冒険《ぼうけん》デートに誘《さそ》っていただけた

下山後、馬車で学校に戻《もど》ってきた頃《ころ》には夜明けが近かった。

リリアさんたちと別れて寮《りょう》の部屋に入った俺は、すぐさまベッドに倒《たお》れ込んだ。今日は授業がなく、起床《きしょう》時間を気にする必要がないので、心置きなく眠《ねむ》ることができる。

——しかし、眠《ねむ》りについて間もなく、誰《だれ》かが部屋のドアを乱暴に叩《たた》いた。

目を開けると、室内はまだ薄暗《うすぐら》い。日の出直後のようだ。

寝《ね》ぼけ眼《まなこ》でドアを開けると、来訪者の正体はフィオナさんだった。

「いえーい！　なんか眠《ねむ》れないから、会いに来ちゃった！」

フィオナさんは太陽のような笑《え》みを浮《う》かべ、叫《さけ》ぶように挨拶《あいさつ》した。

「ほら、慰謝《いしゃ》料は体で払《はら》ってもらうって約束だったでしょ？　出かけるから、30秒で支度《したく》して！」

思わず苦言を呈《てい》しかけたが、今の俺は文句を言える立場じゃないことを思い出し、刀を手に取った。

「支度《したく》しました」

「早っ！　レオンっちって面白《おもしろ》いね！　普通《ふつう》こんな時間に訪ねてこられたら、もっと迷惑《めいわく》そうな顔をするもんだけど」

「迷惑《めいわく》だっていう自覚はあったんですか……」

「え？　ウチ、迷惑《めいわく》だった？」

「滅相《めっそう》もない。聞き間違《まちが》いです」

「だよね。もし迷惑《めいわく》だったとしても、ウチの彼ピ（仮）がそんなこと言うわけないし」

「………」

彼ピ（仮）は思ったことをそのまま口に出してはいけないらしい。肝《きも》に銘《めい》じておこう。

「それで、今からどこに行くんですか？」

「登山デート。いつもウチが行ってる山に、一緒《いっしょ》に行ってほしいの」

「なるほど」

登山デートというものは聞いたことがある。男女が助け合いながら山を登り、魔物《まもの》が出たら共闘《きょうとう》することで、絆《きずな》を深めるそうだ。

「ってわけで、まずは装備を整えよう！」

フィオナさんはそう言って、俺を先導してどこかへ向かい始めた。

着いた場所は、校内にある倉庫だった。

ここには冒険《ぼうけん》に必要な武器や防具、薬草や毒草、食料や燃料などが置かれているようだ。

「ジャーン！　生徒ならここにあるもの、どれでも自由に持っていっていいんだよ！」

「至《いた》れり尽《つ》くせりですね」

「ただし、持っていっていいのは自分が使う分だけ。もし転売がバレたら退学になるよ」

「勇者訓練校に、転売なんかする人がいるんですか？」

「いるいる。どこの世界にも、不届き者はいるんだよ」

そんな会話をしつつ、干し肉やチーズやドライフルーツなどの携帯《けいたい》食料を入手した。登山用の装備は、昨日と同じものを使えばいいだろう。

他にも色々な物品をバッグに詰《つ》め込んだところで、フィオナさんが「レオンっちのバッグに入れといてー」と言って、ポテチやグミなどのお菓子《かし》を手渡《てわた》してきた。

「このお菓子《かし》、どうしたんですか？」

「部屋から持ってきた！　いっぱいストックしてるんだよね！」

屈託《くったく》がない笑《え》みを浮《う》かべるフィオナさんを見て、俺は楽しくなってきた。

何せ今から俺は、人生初のデートに出かけるのだから。

S　S　S

準備を整えた俺たちは、目的地である岩山の麓《ふもと》まで馬車で移動することになった。

荷台で揺《ゆ》られながら、隣《となり》に座るフィオナさんに質問する。

「ちなみに、山まではどのくらいなんですか？」

「5キロくらいかな」

「結構遠いですね。もっと近くにも山はあるのに」

「ちょっと色々事情があってね」

なぜかフィオナさんは歯切れが悪かった。

「その山に何かあるんですか？」

「秘密。着いてからのお楽しみだよ」

「その山だけの、特別な何かがあるんですか？」

「だから、内緒《ないしょ》だって」

「気になるじゃないですか。ヒントくださいよ」

「うるせーな！　黙《だま》って乗ってろよ！」

フィオナさんが突然《とつぜん》キレた。

その瞬間《しゅんかん》、全身に電気が走る。

「……おい、何ニヤニヤしてんだよ？」

「いえ、何でもないです。あと、すみません。登山デートと言われて、はしゃいでしまいました」

「ったく。自分の立場を弁《わきま》えろよな」

「自分の立場……一応俺、彼ピ（仮）だったと思うんですが」

「彼ピ（仮）なんだから、ウチに絶対服従に決まってるでしょ」

「俺が知っている恋人《こいびと》関係と違《ちが》う……」

しかし、怒《おこ》り顔のフィオナさんを見ていると、本当にこんな彼女がいたら最高だなと思ってしまうのだった。

S S S

1時間ほどで目的地に到着《とうちゃく》した俺たちは、すぐさま登山を開始する。

「しゅっぱーつ！　レオンっち、ウチについてきて！」

いつの間にか機嫌《きげん》が直ったらしく、フィオナさんは楽しそうに駆《か》け出《だ》した。

「──あっ！　なんか見たことない花咲《はなさ》いてる！　新種かも！」

しばらく斜面《しやめん》を登ったところで、フィオナさんが叫《さけ》んだ。彼女は30メートルはあろうかという切り立った崖《がけ》のてっぺんを指差している。

「レオンっち、摘《つ》んできて！」

「了解《りょうかい》です。少々お待ちください」

断るという選択肢《せんたくし》を持ち合わせていないので、すぐさまロッククライミングの要領で登っていき、無事に花を回収してきた。

「すごっ！　さすがレオンっちだね！」

フィオナさんは歓声《かんせい》を上げつつ、写真機で記念撮影《さつえい》した。

やがて満足したようなので、摘《つ》んできた花をバッグに入れ、再び歩き出す。

「──あっ！　超絶《ちょうぜつ》レアなスライム見っけ！　銀とか初めて見た～！　撮《と》っとこ～！」

フィオナさんは唐突《とうとつ》に駆《か》け出《だ》し、銀色のスライムに向かって写真機を構えた。

馬車ではすごい剣幕《けんまく》で怒《おこ》られたし、この山で何をさせられるのか不安だったが、フィオナさんが楽しそうで何よりだ。

「フィオナさんって、本当に写真が好きなんですね」

「うん！　メッチャ好き！」

「それなら、なんで勇者訓練校に？　写真家を目指した方がいいんじゃないですか？」

「ウチは景色だけじゃなくて、魔物《まもの》の写真もいっぱい撮《と》りたいの。そのためには、強くならないとダメっしょ？　普通《ふつう》の人って、魔物《まもの》が怖《こわ》くて村から出られないじゃん？　だから色んな魔物《まもの》とか景色とか写真に撮《と》りまくって、みんなに見せたいの！」

「なるほど……！」

フィオナさんはただ写真を撮《と》りたいわけではなく、みんなを喜ばせたいという、しっかりした夢を持っているのか。

「今度、フィオナさんが撮《と》った写真を見てみたいです」

スライムの撮影《さつえい》を終えたフィオナさんに向かって何気なく言うと、驚《おどろ》かれた。

「レオンっち、ウチが写真機持ってること、批判しないの？」

「批判？　なんでですか？」

わけがわからなすぎて聞き返すと、フィオナさんは口を尖《とが》らせた。

「よく言われるんだよね。『写真を撮《と》りたがる勇者候補生なんておかしい』とか、『遊び半分だと魔物《まもの》に殺されるぞ』とか」

「あー、なるほど」

たしかに、仮にドラゴンと闘《たたか》っている最中に仲間が写真を撮《と》りたがったら、今じゃないだろと思うかもしれない。

「批判する人の気持ちも理解できます。でも、少なくとも俺は、フィオナさんが遊び半分だなんて思いませんよ。勇者のことも写真のことも、真剣《しんけん》に考えていると思います」

「……そっか。……レオンっち、ありがとね」

フィオナさんはつぶやいた後、照れくさそうに微笑《ほほえ》んだのだった。

S

S

S

その後も寄り道は多かったものの、俺たちは少しずつ山頂に近づいていった。

しかし、フィオナさんはある地点で突然《とつぜん》、登山道を外れて歩き始めた。

「フィオナさん？　また何か見つけたんですか？」

そう問いかけると、フィオナさんは無言で振《ふ》り返《かえ》り、いつになく真剣《しんけん》な口調で語りかけてきた。

「あのね、レオンっち。今からウチの秘密の場所に連れていくんだけど、一つ約束して。その場所のことは、今後何があっても、2人だけの秘密にするの。いい？」

「わかりました」

「もし誰《だれ》かに話したら、一生恨《うら》むから。薬を盛って、眠《ねむ》ったところを拘束《こうそく》して、拷問《ごうもん》するから。指の爪《つめ》を1枚1枚剥《は》がして、全部の歯をへし折って、それから……」

「まだ秘密を見てすらいないのに、綿密な計画を立てるのはやめてもらえませんかね？」

フィオナさんに拘束《こうそく》されたところを想像し、ゾクゾクしながら言った。

その後、登山道を外れてしばらく歩いたところで、フィオナさんが唐突《とうとつ》に立ち止まった。

「──ここが秘密の場所。それで、レオンっちに手伝ってほしいのが、アレ」

フィオナさんが指差した場所を見た瞬間《しゅんかん》、俺はすべてを理解した。

俺たちの視線の先には、規則的に石が積み上げられた、明らかな構造物があったのだ。

それは地下への入口だった。石の階段が暗闇《くらやみ》に続いているのが見える。

「……アレって、迷宮《めいきゅう》ですか？」

「そ。ウチが見つけたの」

フィオナさんは胸を張り、得意げに答えた。

迷宮《めいきゅう》とは、魔王《まおう》軍によって生み出されたと考えられている構造物である。迷宮《めいきゅう》の成り立ちや存在意義などは一切《いっさい》不明だが、内部には魔物《まもの》が生息しており、対人用の罠《わな》が仕掛《しか》けられていることがほとんどだ。

そして前人未踏《ぜんじんみとう》の迷宮《めいきゅう》の最奥《さいおう》には、目が眩《くら》むようなお宝があることが多いらしい。

フィオナさんがこれまで、この山で何をするのかを頑《かたく》なに話さなかった理由がわかった。迷《めい》宮《きゅう》を発見した場合、すぐに王国に報告しなければならない決まりになっているのだ。

つまり、これは法律違反《いはん》。バレたら逮捕《たいほ》されてしまう。リリアさんや御者に知られるわけにはいかなかったのだ。

「そんなわけで、踏破《とうは》してみよっか！」

「ノリが軽すぎますって」

というか、いくら何でも無謀《むぼう》すぎる。

迷宮《めいきゅう》は普通《ふつう》、大勢の大人がパーティを組み、物資や食料をしっかり準備して、長い年月をかけて攻略《こうりやく》するものなのだ。

「悪いことは言いません。迷宮《めいきゅう》を発見したことを、王国に報告しましょう」

「そんなことしたら、お宝が手に入らないじゃん！」

「それはそうですけど……」

「何？　覗《のぞ》き魔《ま》のくせに、口答えするわけ？」

「口答えというか、進言というか……」

「ウチらのお風呂《ふろ》覗《のぞ》いたこと、クラスで言いふらすよ？　あと半裸《はんら》で木に縛《しば》られていた写真も――」

「とりあえず、2人で攻略《こうりやく》可能か調べてみましょう！」

すっかり忘れていた。たとえ巻き込まれそうになっているのが犯罪だったとしても、俺に拒《きょ》否《ひ》権なんかないんだった。

S　　S　　S

階段を下りてみると、迷宮《めいきゅう》の内部は明るかった。壁《かべ》の所々に、光を発する不思議な石が埋《う》め込まれているのだ。

「実はこれまで、何度か1人で潜《もぐ》ったことあるんだよね。でも魔物《まもの》がいっぱいいて、途中《とちゅう》までしか進めなくてさー」

「それで俺に目をつけたわけですか」

「そういうこと。ドラゴンを倒《たお》せるなら、余裕《よゆう》っしょ」

「どうですかね……」

迷宮《めいきゅう》の通路は薄暗《うすぐら》いし、死角も多いので敵を発見しづらそうだ。不意打ちをする知能を持った魔物《まもの》がいた場合、一気に全滅《ぜんめつ》させられる危険がある。

しかしフィオナさんは、鼻歌まじりに洞窟《どうくつ》の奥に歩を進めていく。

俺は刀を構え、フィオナさんと並んで探索《たんさく》する。

──刹那《せつな》、風切り音が聞こえ、フィオナさんを目掛《めが》けて何かが飛来するのが見えた。

反射的に居合い斬《ぎ》りで打ち落とす。

それは木でできた矢だった。

「おー！　さすがだねレオンっち！」

「笑っている場合ですか⁉　今、命の危険があったんですよ⁉」

「だってウチ、この場所で矢が飛んでくるのは知ってたし」

「だったら事前に教えてくださいよ！」

「レオンっちが反応できるか見ておきたくてさ。今のに対処できなかったら、迷宮探索《めいきゅうたんさく》は諦《あきら》めるつもりだったの」

フィオナさんは事もなげに言った。もし俺が打ち落とさなかったら、避《よ》ける自信があったらしい。

「俺を試《ため》したんですか」

「そ。ウチの目に狂《くる》いはなかった」

フィオナさんは得意げに笑う。

「ちなみにもうすぐ、大岩が転がってくるから注意ね」

「どうやって躱《かわ》すんですか？」

「オススメは天井《てんじょう》に張り付くことかな」

フィオナさんはそう言いながら、臆《おく》せずガンガン進んでいく。

そして予告通り前方から大岩が転がってきたので、俺たちは壁《かべ》を伝って天井《てんじょう》に逃《のが》れた。

「フィオナさん、死ぬのが怖《こわ》くないんですか？」

警戒《けいかい》しながら迷宮《めいきゅう》を進みつつ、そう質問してみた。

「もちろん怖《こわ》いけど、お宝ほしいじゃん。それに、地下1階はだいぶ歩き回って、大体の罠《わな》を把握《はあく》してるし。てか、何かあってもレオンっちが絶対守ってくれるって、信じてるし」

「俺に対する信頼《しんらい》が厚すぎる」

知り合ってまだ24時間も経《た》っていないのに……。

フィオナさんの度胸に敬服しそうになっていると、迷宮《めいきゅう》で初めての魔物《まもの》と遭遇《そうぐう》した。アンデッドと呼ばれる、黒い衣《ころも》をまとった動く人骨だった。

「レオンっち、討伐《とうばつ》よろしく」

任せられた瞬間《しゅんかん》、俺は駆《か》け出《だ》した。刀を振《ふ》るい、骨を粉砕《ふんさい》する。

アンデッドたちを蹴《け》散《ち》らしつつ進むと、地下2階に続く階段が見つかった。

「ここから先は、ウチも知らない領域だよ。アンデッドが邪魔《じゃま》で進めなかったからさ」

「一応聞きますけど、引き返すという選択肢《せんたくし》は？」

「あるわけないっしょ！」

「でも、身の安全は保障できないですよ」

「レオンっちは彼ピ（仮）なんだから、ウチの盾《たて》になって死んでよ」

「酷《ひど》い話だ」

「てわけで、行くよ！　うぇーい！」

フィオナさんは奇声《きせい》を上げつつ、スキップで階段を下り始めた。

──直後、フィオナさんの足下《あしもと》が崩《くず》れた。落とし穴だ。

咄嗟《とっさ》に右腕《みぎうで》を伸《の》ばし、フィオナさんの制服を摑《つか》む。

そのまま引き寄せ、何とか落とし穴の壁《かべ》に摑《つか》まらせることに成功した。

崩《くず》れた足場の下には、無数の鋭《するど》い針が設置されていた。もし落下したら、大変なことになるだろう。

しかも、フィオナさんが掴《つか》まっている地面がさらに崩《くず》れかけているのを察知した。早く引き上げなければ。

俺は必死にフィオナさんの体を引っ張り上げる。

「──ちょっ⁉　どこ触《さわ》ってんの‼」

突然《とつぜん》、フィオナさんが悲鳴を上げた。

一瞬遅《いっしゅんおく》れて、自分がおしりを鷲掴《わしづか》みにしていたことに気がついた。

手に伝わってきたやわらかい感触《かんしょく》を、急に意識してしまう。

「この変態！」

「後でいくらでも罵《ば》倒《とう》されますから、まずは上に──」

しかし、なだめている最中、俺たちを目《め》掛《が》けて壁《かべ》からガスが噴出《ふんしゅつ》された。

両手が塞《ふさ》がっているせいで、避《よ》けることができなかった。２人揃《そろ》ってモロに吸ってしまう。

もし毒ガスだったらマズい。症状《しょうじょう》が出る前に解《げ》毒《どく》草を飲まなければ。

焦燥感《しょうそうかん》に駆《か》られつつ、フィオナさんを引っ張り上げた。最後の方、やけに彼女の体が重くなったので、毒のせいで力が出なくなったのかもしれない。

「フィオナさん、今すぐ……解《げ》毒《どく》を……」

呼びかけている最中、俺は驚《おどろ》きすぎて思考が数秒停止した。

自分の口から、若い女性の声が発せられたのだ。

さらに、目の前にいるフィオナさんが、どう見ても男性になっていることに気がついた。

「まさか──」

自分の股間《こかん》をまさぐると、大事なものがなくなっていた。

加えて胸が明らかに膨《ふく》らんでおり、制服を押し広げていた。

「……フィオナさん、落ち着いて聞いてください。俺たちは性転換《せいてんかん》ガスを吸ってしまったみたいです」

「えっ、マジ？」

フィオナさんが野太い声を出した。俺とは逆に、声が低くなったようだ。

「アハハ！　何この声！　ウケんだけど！」

「ウケている場合じゃないです。今すぐ町に戻《もど》りましょう。そして俺は女湯に入ります」

「いや、レオンっちの発想もおかしくね？」

フィオナさんは自分の股間《こかん》をまさぐりながら言った。感触《かんしょく》を確かめているようだ。

「てかさ、裸《はだか》が見たいなら、自分のを見れば良くない？」

「──たしかに。ちょっと脱《ぬ》いでみていいですか？」

「好きにしなよ」

「じゃあ、失礼して……」

俺は崩《くず》れ落《お》ちた階段の真横で、服を脱《ぬ》ぎ始めた。もし今魔物《まもの》に襲《おそ》われたら終わりだが、好奇《こうき》心《しん》には勝てなかった。

ブレザーとワイシャツを脱《ぬ》ぎ捨《す》てると、薄《うす》いTシャツの生地《きじ》越《ご》しに、豊満な胸が見えた。すごい迫力《はくりょく》だ。

すぐさまTシャツも脱《ぬ》ぎ、胸を完全に露出《ろしゅつ》した。かなり大きい。

だが、自分の裸《はだか》の胸を見ても、なぜかぜんぜん興奮できなかった。

不思議に思いながら長ズボンを脱《ぬ》ぎ、最後の１枚も下ろした。

そこには、紛《まぎ》れもなく女性の秘所があった。

しかし、やっぱり興奮できない。

自分の体だからか？　それとも、アレがなくなってしまったからか？

「――レオンっち、いい体してるね……!!」

そう言われて前を向くと、フィオナさんが俺の裸体《らたい》を食い入るように見つめていた。

「何なの、この感じ……!!　胸《むね》の奥がモヤモヤして、下半身がすごく苦しくて……」

フィオナさんは戸惑《とまど》いつつ、パンツをふとももの辺りまで下ろした。

その瞬間《しゅんかん》、解放された男の象徴《しょうちょう》がスカートを押し上げ、天高く聳《そび》え立《た》った。

俺とは逆に、興奮しまくっているようだ。

「……レオンっち、一生のお願いがあるんだけど」

「絶対ダメです!!」

「でもさ、レオンっちってウチの彼ピなわけじゃん?」

「絶対イヤです!!」

「ウチら、そろそろ次のステップに進む頃《ころ》だと思うんだよね」

「無理無理無理!! そんなの入るわけないから!!」

「お願い! 先っちょだけでいいから!」

「それならいいかとはなりませんよ!!」

俺は絶叫《ぜっきょう》しつつ逃《に》げようとしたが、フィオナさんに捕《つか》まり、仰向《あおむ》けに押し倒された。

女性になったことで筋力が落ちており、抵抗《ていこう》できない。さっきフィオナさんを引き上げている時、急に重くなったと感じた理由はこれだったのだ。

馬乗りになったフィオナさんが、エロい表情で俺を見下ろす。

「大丈夫《だいじょうぶ》、レオンっちが嫌《いや》がることはしないから」

「もうこの状況《じょうきょう》が嫌《いや》なんですが!?」

「痛かったら、すぐにやめるし」

「やっぱり痛いんですか!?」

「んー、初めての時は痛いって聞くけど、実際はどうなのか知らない。だからさ、確かめてみよ?」

フィオナさんはスカートをたくし上げ、右手で自分の下半身に生えてきたものを握《にぎ》った。

そして俺の下腹部を凝視《ぎようし》し、ニヤリと笑う。

「今、これで気持ちよくしてあげるからね」

――その瞬間《しゆんかん》、自分が何をされるのかを想像し、ゾクッとした。

これから俺は、ついさっきまで女の子だったフィオナさんに、犯《おか》されるのだ。

状況《じようきよう》が複雑すぎて、感情がグチャグチャになっている。

しかし、恐怖《きようふ》はあるものの、取り返しのつかないことをされてしまうという事実に、興奮しかけている自分がいた。

……フィオナさん、俺のこと、大事にしてくれるかな……。

だが、半分くらい覚悟《かくご》を決めた刹那《せつな》、俺たちの体に急激な変化が起きた。

まず、俺の下半身からなくなったものが、目にも留まらぬスピードで復活した。

それとほぼ同時に、フィオナさんの下半身に創造されたものが、一瞬《いつしゆん》で消滅《しようめつ》した。

しかし、俺たちの体勢に変化はない。男になっていたフィオナさんは、スカートを自らめくった状態で、俺に跨《また》がったままだ。その結果何が起きるかというと――

性別が元通りになった瞬間《しゆんかん》、俺はフィオナさんの女体《によたい》の神秘をモロに見てしまった。

今度は、俺のが大きくなる番だった。

「──ぎゃあああっ!!」

フィオナさんは悲鳴を上げ、すぐさまスカートを下ろして大事な部分を隠《かく》した。

「み、見んな変態!!」

「いや、自分から脱《ぬ》いだんですよね？　完膚《かんぷ》なきまでに自業自得《じごうじとく》ですよね？」

「うるせぇクソ野郎《やろう》ッ!!」

フィオナさんは左手でスカートを押さえ、右手で俺の顔面を殴《なぐ》りつけてきた。

「ああああああっ!!　記憶《きおく》がなくなるまで、何発でもぶん殴《なぐ》ってやるっ!!」

フィオナさんは絶叫《ぜっきょう》しつつ、何度も俺の顔や体に拳《こぶし》を振《ふ》り下ろす。

この上なく理不尽《りふじん》な暴力だったが、あんな素晴《すば》らしいものを拝ませていただいたのだから、文句などあるはずがない。

……思いっきり見てしまった。アレがフィオナさんの……。

「思い出してんじゃやねぇぇぇ!!」

ニヤニヤ笑っている俺の口元を、フィオナさんは前歯を折る勢いで殴《なぐ》りつけてきた。

S　　S　　S

一時は貞操《ていそう》の危機だったものの、完璧《かんぺき》なタイミングでガスの効果が切れたおかげで、最高の1日になった。迷宮《めいきゅう》に罠《わな》を仕掛《しか》けてくれた魔物《まもの》に、最上級の感謝を述べたい。

一方、フィオナさんは精神的ダメージが大きかったらしく、迷宮探索《めいきゅうたんさく》は即時《そくじ》に中止となった。地下2階へは進まず、服を着て迷宮《めいきゅう》を脱出《だっしゅつ》する。

「――ホント最悪。レオンっち、責任取ってよね」

下山し始めてすぐ、そんな文句を言われた。

「いや俺、フィオナさんに襲《おそ》われてたんですけど？　あと少しでヤバかったんですけど？」

「あんなの冗談《じょうだん》に決まってるでしょ。そんなこともわからないわけ？」

「どう見ても本気だったと思いますが――」

「は？　ウザッ」

拳《こぶし》を握《にぎ》りしめたフィオナさんに睨《にら》まれてしまった。

「……口答えしてしまい、すみませんでした」

「冗談《じょうだん》だったって認める？」

「もちろんです。フィオナさんがそんなことをするわけがないじゃないですか」

「なら許す」

なぜか襲《おそ》われた側の俺が許された。

「あとさ、落とし穴でおしり触《さわ》られたことも、忘れてないから。見られたことも含《ふく》めて、慰謝《いしゃ》料を追加しておくからね」

「迷宮《めいきゅう》のお宝でも手に入れないと、払《はら》い切れなさそうですね……」

「手に入れるに決まってるでしょ。また今度、挑戦《ちょうせん》しに来るから」

有無《うむ》を言わさぬ口調で言われ、俺は頷《うなず》いた。

……それにしても、さっきの性転換《せいてんかん》ガス、どうにかして町まで持って帰れないだろうか。

女性になっている間は裸《はだか》を見ても興奮しないかもしれないが、すぐに男に戻《もど》れるなら問題ない。女湯に侵入《しんにゅう》する直前に吸い、たっぷり観察した後、男に戻《もど》って思い出せば……。

「レオンっち、お腹《なか》空いた～。学校に戻《もど》ったら、一緒《いっしょ》にクレープ食べに行くよ。次はスイーツデートね」

作戦を考えている最中、勝手に次の目的地が決められた。

S　S　S

馬車で学校に戻《もど》ってきた後、フィオナさんに先導され、すぐ隣《となり》にある町へ移動した。

この世界はそこら中に魔物《まもの》が生息しているため、勇者訓練校の周りには多くの人が住みたがるらしい。魔物《まもの》が出現した際に助けてもらうことを期待しているようで、立ち並ぶお店の中には、勇者訓練校の制服を着ているだけでサービスしてくれるところも多いようだ。

フィオナさんに連れられ、飲食店や食料品店が立ち並ぶ路地に入った。クレープを買い、フィオナさんの写真撮影《さつえい》が済んだ後、店の前の道で立ったまま食べる。俺のがチョコバナナで、フィオナさんのがイチゴカスタードというらしいが――

「うまっ!! クレープってとんでもなく美味《おい》しいですね!!」

「ひょっとして、初めて食べたの?」

「はい」

「マジで? クレープ食べたことないとか、人生の半分損してんじゃん!」

「本当ですね……! 今日クレープの美味《おい》しさを知れてよかったです……!」

「じゃあこれからウチが、美味《おい》しいものとか楽しいこととかいっぱい教えてあげるね!」

「よろしくお願いします!」

「ちなみに、クレープは食べさせあいっこすると、美味《おい》しさが倍になるんだよ? てことで、レオンっちのチョコバナナちょーだい」

「えっ⁉ 俺の食べかけでいいんですか……⁉」

「当たり前じゃん」

「でも、それって、間接キスというヤツでは……⁉」

「ちょっと、恥《は》ずかしくなること言わないでよ」

フィオナさんは気まずそうに目をそらした。心なしか、頬《ほお》が赤いように見える。

ヤバい。メチャクチャ楽しい。これがデートというヤツか……!!

——などと浮《う》かれまくっている最中、とんでもない事態に見舞《みま》われた。前方に買い物中のシエラさんを発見したのだ。

向こうも俺たちに気付いており、その場に立《た》ち尽《つ》くし、目を見開いている。

心臓を掴《つか》まれたような感覚を覚え、俺はこの甘い時間の終焉《しゅうえん》を悟《さと》った。

直後、シエラさんが駆《か》け寄《よ》ってきて、俺の右腕《みぎうで》を掴《つか》んだ。

「レオンちゃん!! 不良と遊んじゃいけません!! そんなジャンクフードは今すぐ捨てなさい!! 体に悪いし、虫歯になっちゃうでしょ!!」

シエラさんは鬼気《きき》迫《せま》る表情で絶叫《ぜっきょう》した。これは想定外の絡《から》まれ方だった。

「——いやいや、いいんちょ何言ってんの？」

突飛《とっぴ》すぎる発言に、フィオナさんは目を丸くしながら反論する。

「そもそもウチ、不良じゃないし」

「そんなふうに肩《かた》を出している人は全員不良です！」

「いいんちょ頭固すぎだから！　てか、百歩譲《ゆず》ってウチが不良だったとして、なんでいいんちよがレオンっちを引《ひ》き離《はな》そうとすんの？」

「そんなの、私がレオンちゃんのママだからに決まっているでしょう!!」

「……んんっ？」

フィオナさんは宇宙人でも見るような目つきになり、俺とシエラさんを何度も見比べた。

「まだ何もできない赤ちゃんを、ママが守ろうとするのは当然のことです!!」

「待って待って待って。ウチまだいいんちょがママってところが理解できてないから。赤ちゃんがどうとかって情報を追加しないで」

フィオナさんはシエラさんを制止した後、困惑《こんわく》した表情で俺の方を見た。

説明を求められている気がするが、俺は無言で目を逸《そ》らした。

「いやいやいや、年齢《ねんれい》的に、どう考えてもおかしいっしょ！　いいんちょがレオンっちのママなわけないよね？」

「そんなことないもん!!　レオンちゃんは私の赤ちゃんだもん!!」

「えっ……マジなん？　いいんちょ結婚《けっこん》してたんだ？」

「未婚《みこん》でもママになれます!!」

「あ、未婚《みこん》のママなんだ？　ちなみにパパは誰《だれ》なん？」

「パパがいなくてもママになれます!!」

「なれねーから！」

フィオナさんが全力でツッコんだ。しかしシエラさんは肩《かた》をすくめる。

「話が通じないですね……これだから不良は……」

「いや、ウチが悪いって結論は絶対おかしいから」

正論を述べるフィオナさん。しかしシエラさんはそれを無視し、俺の右腕《みぎうで》を掴《つか》み直す。

「もういいです。レオンちゃん、帰りますよ」

シエラさんは俺をどこかに連れて行こうとする。帰るって、どこに――

「ちょっ！　レオンっちを連れてかないでよ！　今デート中なんだから！」

フィオナさんは叫《さけ》びつつ、両手で俺の左腕《ひだりうで》を掴《つか》んだ。

「デ、デート……⁉」

「そっ」

目を見開いたシエラさんに向かって、フィオナさんはなぜか勝《か》ち誇《ほこ》ったように笑った。

「これからレオンっちは、ウチに惚《ほ》れることになるの。それがレオンっちのためでもあるんだよ」

「意味がわかりません‼　いったいどういうことなんですか⁉」

「んー、それはね――」

「あの、フィオナさん。その辺の事情は秘密にしてほしいんですが……」

「いいじゃん。事情を聞かないといいんちょは納得《なっとく》しなさそうだし」

「で、でも――」

「レオンちゃん？　レオンちゃんは、ママに隠《かく》し事《ごと》をする悪い子なの？」

シエラさんが恐《おそ》ろしい顔で詰《つ》め寄《よ》ってきた。

「それならもうママの知らないことが起きないよう、手足を縛《しば》って24時間365日ずっと一緒《いっしょ》にいないといけないね？　さぁレオンちゃんおいで」

「今すぐ説明します！」

こうして、自ら事情を説明することになった。フィオナさんは俺がモン娘《むすめ》に魅了《みりょう》されないよう、自分に惚《ほ》れさせようとしてくれているのだと。

このことを知ったら軽蔑《けいべつ》されるだろうと思っていたのだが、予想に反してシエラさんは笑顔《えがお》になった。

「そういうことだったんですか……。レオンちゃんは女性経験がない赤ちゃんですものね。良《い》い女性と悪い女性の区別がつかなくても仕方ないです」

そう言って、シエラさんは何度も頷《うなず》いた。モン娘《むすめ》に魅了《みりょう》されて情けないと捉《とら》えるのではなく、汚《けが》れを知らない純粋《じゅんすい》なヤツだと受け取ってくれたようだ。考え方が寛容《かんよう》で助かる。

「いい機会なので、レオンちゃんに良《い》い女性と悪い女性の見分け方を教えてあげます。良《い》い女性はママだけで、それ以外の女性は全員悪です。だからママだけを好きになりましょう」

ぜんぜん寛容《かんよう》じゃなかった。むしろ誰《だれ》よりも過激派である。

「レオンっち、次はウチが説明してもらう番だよ。なんでいいんちょがレオンっちのママなわけ？」

「レオンちゃん、説明してあげて」

「は、はい……」

笑顔《えがお》のシエラさんに促《うなが》され、とりあえず話し始めてみる。

「えっと、サバイバル訓練中に俺がマンドラゴラに麻痺《まひ》させられて、その時にシエラさんに手厚い介護《かいご》をしてもらって……。何やかんやあってママと赤ちゃんという関係になりました」

「いや、肝心《かんじん》の部分を『何やかんや』で済ませんなし」

フィオナさんは不満そうに口を尖《とが》らせたが、俺にはこれ以上の説明は不可能なので、どうしようもない。

「よくわかんないんだけど、いいんちょ的には介護《かいご》した人がみんな赤ちゃんになるの？」

「違《ちが》います。レオンちゃんは特別です」

「ホントに？　ワンチャン、ウチもいいんちょの赤ちゃんになれるんじゃね？　ママ～、ウチにもおっぱい飲ませて～」

「私はあなたのママじゃありません!!」

シエラさんが全力で怒鳴《どな》った。

「もちろんレオンちゃんとデートすることは許しません!!　レオンちゃんは一生私だけの赤ちゃんなんですから!!」

「うわ～、完全な毒親じゃん。レオンっち、行こっ」

「無駄《むだ》ですよ。私はママとして、どこまでも付いていきますから」

シエラさんは俺を摑《つか》んでいる両手に、さらに力を込《こ》めた。

「仕方ないなぁ。じゃあさ、間取って、今日は3人で遊ぶってのはどう？」

「ダメです。不良と一緒《いっしょ》にいて、レオンちゃんに悪影響《あくえいきょう》があったら困ります」

全力で拒否《きょひ》するシエラさん。話が通じる気配がなかった。

「レオンっち、どうすんの？　今日は元々、ウチと約束してたわけじゃん？」

「そうですね……」

俺は逡巡《しゅんじゅん》した後、シエラさんに向かって頭を下げる。

「すみません。今日はフィオナさんとデートする約束をしていたので、一緒《いっしょ》に行くことはできません」

俺がそう宣言すると、シエラさんはその場にくずおれた。

「これが反抗期《はんこうき》……まだ赤ちゃんなのに……」

シエラさんは四《よ》つん這《ば》いになり、ワナワナと全身を震《ふる》わせている。

……何だか、悪いことをしている気分になってきた……。

「いいんちょ、元気出して。ほら、ウチのクレープ食べていいから」

フィオナさんは前屈《まえかが》みになり、クレープを差し出した。

また喧嘩《けんか》になるんじゃないかと身構えたが、シエラさんは無言で食いついた。

「……甘くて美味《おい》しいです」

「でしょ！　ちょっと元気になった？」

「……そうですね。ジャンクフードの食べ過ぎは良くないですが、少しならいいかもしれません」

「ジャンクフード言うなし！」

S　　S　　S

その後、シエラさんとフィオナさんの完全な和解を目指して、３人で買い物をすることになった。

「――あっ！　ウチ服見たいかも！」

路地を歩いていると、大きな防具屋を見つけたフィオナさんが叫《さけ》ぶように言った。

「それじゃあ私は、レオンちゃんにお洋服をプレゼントしましょう」

「え！　それならウチもレオンっちをコーディネートしたい！」

「真似《まね》しないでください。フィオナさんは自分の服を買えばいいじゃないですか」

「自分の服を見た後、レオンっちの服を選ぼうと思ってたの！」

「レオンちゃんはついでということですか。自分本位でワガママですね」

「そこまで言うことなくない⁉」

買い物開始30秒で2人は睨《にら》み合《あ》いを始めてしまった。

「2人とも、喧嘩《けんか》しないでください……」

近くにいる人たちが俺たちを物珍《ものめずら》しそうに見ている。こんな美少女2人に取り合われている状況《じょうきょう》は少し楽しいものの、女性がいがみ合う姿は見たくない。

「俺はどっちの服も着ますから」

「じゃあさ、どっちがレオンっちに似合う服を見つけられるか勝負しよっ！」

「望むところです！」

「ええっ……」

こうして、シエラさんとフィオナさんは防具屋に駆《か》け込んでいった。

残された俺は、不安すぎて逃《に》げ出《だ》したくなっている。このままここにいたら、2人が選んできた服のうち、どっちがいいかを選ばなければならないわけで……。

しかし、俺が店先でまごまごしている間に、2人が戻《もど》ってきてしまった。

「レオンちゃん！　よだれかけとおしゃぶりが置いてあったよ！」

「レオンっち！　紐《ひも》みたいな水着見つけたから着てみて！　たぶん何も隠《かく》せないと思う！」

「2人とも勝つ気がないんですか？」

そもそも、この防具屋の品揃《しなぞろ》えはどうなっているんだ……!?

さすがにどちらもお断りさせてもらった。せめて首輪みたいに、普《ふ》通《つう》の男が着けていてもおかしくないものにしてほしい。

「よく考えたらウチ、男の人の服って選んだことないから、あんまわかんないかも」

「私も赤ちゃんの服しかわからないです」

赤ちゃんの服には詳《くわ》しいのか……。闇《やみ》を感じる……。

「そうだ！　レオンちゃん、ママの装備を一緒《いっしょ》に選んでくれない？」

そう提案された瞬間《しゅんかん》、陰鬱《いんうつ》な気分が吹《ふ》き飛《と》んだ。

シエラさんが着る服を、俺が選ぶ……⁉　そんな楽しいイベントがあっていいのか……⁉

「ちょっ！　レオンっちを誘惑《ゆうわく》すんなし！　それならウチの服も選んで！」

「フィオナさんもですか……⁉」

何その最高のシチュエーション……‼

こうして俺は天にも昇《のぼ》る心地《ここち》で、女性用の装備品コーナーへ移動した。

そこには布や皮、銅や鉄などで作られた様々な防具が並んでいる。

素早《すばや》さ重視の鎧《よろい》は動きやすいよう、肌《はだ》を覆《おお》う面積がなるべく少なく作られている。一方、防《ぼう》御力《ぎょりょく》重視のものは肌《はだ》全体を覆《おお》っているようだ。

「レオンちゃんはママにどんな服を着てほしい？」

シエラさんが純粋《じゅんすい》な瞳《ひとみ》で質問してきた。

これはどう答えるべきか、悩《なや》みどころである。

着てほしいのはもちろん露出度《ろしゅつ》の高いものだが、そのまま伝えたら下心が丸わかりだ。

「……えっと、シエラさんは筋肉がそこまですごくないですし、スピードタイプですよね？」

「うん、そうだね。少なくとも壁役《かべ》はやらないと思う」

「それなら長所を活《い》かすために、軽い防具の方がいいでしょうね」

「そっか。レオンちゃんはカッコ良く闘《たたか》うママが見たいんだね？」

「はい！　それで、この辺かなぁと思うんですが……」

「わかった！」

シエラさんは俺が指差した革《かわ》の鎧《よろい》を笑顔《えがお》で手に取り、試着室に入っていった。それは胸と下腹部だけが覆《おお》われている、表面積だけ見れば下着とほぼ変わらない過激な鎧《よろい》だった。

俺は誘導《ゆうどう》に成功したのである。

「……レオンっちって、やっぱエロいよね」

試着室のカーテンが揺《ゆ》れるのを食い入るように見つめる俺に、フィオナさんがジト目を向けてきた。

「ちょっと抵抗《ていこう》あるけど、レオンっちが望んでるわけだし……。特別に、ウチも露出《ろしゅつ》度高いのを着てあげる」

と、フィオナさんは文句を言いながらも革《かわ》の鎧《よろい》を手に取り、左隣《ひだりどなり》の試着室に入っていった。

期待に胸を膨《ふく》らませていると、ほぼ同時に試着室のカーテンが開いた。

そこには肌《はだ》を申し訳程度に隠《かく》したシエラさんとフィオナさんが立っていた。

2人とも完璧《かんぺき》なプロポーションで、俺は視線を高速で行き来させる。

「レオンちゃん、どう？　ママ可愛《かわい》い？」

「うん……信じられないくらい可愛《かわい》い……」

夢見《ゆめみ》心地《ごこち》で答えると、シエラさんは満足げに微笑《ほほえ》んだ。

それを見て、フィオナさんは唇《くちびる》を尖《とが》らせる。

「どうレオンっち。ウチ、キレイだよね？」

「当然です！」

即答《そくとう》すると、今度はシエラさんが不満げに頰《ほお》を膨《ふく》らませる。

「レオンちゃん、ママもキレイだよね？」

「うん、もちろんだよ」

「レオンっち？　ウチはキレイなだけじゃなく、可愛《かわい》いよね？」

「当たり前じゃないですか！」

「じゃあ、ウチといいんちょ、どっちの方が好き？」

「――えっ」

その瞬間《しゅんかん》、楽しい時間は終わりを告げた。

2人の鋭《するど》い視線が俺に突《つ》き刺《さ》さる。

「どしたの？　ウチといいんちょ、どっちの方が好きか聞いているんだけど？」

「………………」

思わず言葉に詰《つ》まる。どちらも可愛《かわい》すぎるし美しすぎるので、比べることができないのだ。

「……えっと……俺としては、ちょうど同点な雰囲気《ふんいき》というか……」

曖昧《あいまい》な返答をすると、2人は揃《そろ》って眉間《みけん》にしわを寄せた。そして同時に距離《きょり》を詰《つ》めてくる。

「レオンちゃん？　ママはレオンちゃんのこと、大好きなんだよ？」

「レオンっちは昨日と今日、大罪を犯《おか》したことを忘れてないよね？」

左右からものすごい圧力をかけられている。どちらか一方を選ぼうものなら、どんな目に遭《あ》うかわからない。

「レオンちゃん！　ママが一番可愛《かわい》いって言いなさい！」

「ウチが最も美しいと思わなければ許さないから！」

こうして俺は、言論と思想の自由を奪《うば》われたのだった。

インターミッション　フィオナの苦悩《くのう》

レオンっちを秘密の迷宮《めいきゅう》に連れていった日の夜。ウチは部屋に帰って悶々《もんもん》と考えた。

昨日今日は色んなことがありすぎて、ヤバかった。

まず、パンツ1枚で木に縛《しば》られているレオンっちを見つけた。ケンタウルスを倒《たお》したスゲーヤツじゃんと思いながら話してみたら、超《ちょう》エッチなヤツだった。ウチのおっぱいを想像して勃《た》ってたし。

その後、一緒《いっしょ》にドラゴン退治に行って、お風呂《ふろ》を覗《のぞ》かれた。マジ最悪。ドラゴンに追われてたみたいだけど、そんなん関係ないし。

でもレオンっちは昨日も今日も、ウチが写真機を持ち歩いてることを批判しなかった。

だからちょっといいかもと思って、男になった時に襲《おそ》いそうになっちゃったのかも。

男になってる間は性欲に支配されてるって感じで、マジでヤバかった。自分でもコントロールできない感あったし。

んで罰《ばち》が当たったのか、レオンっちにアソコをモロに見られた。

あの時は、恥《は》ずかしすぎて死んだと思った。

超《ちょう》気まずいのに、一緒《いっしょ》に学校に帰らないといけなかったし……。

てかあの時、どさくさに紛《まぎ》れて、レオンっちのちんこをバッチリ見ちゃった。デカかったし、メッチャ勃《た》ってた。あんなんぶら下げてるとか、男って怖《こわ》すぎじゃね？

まぁ、ウチは男になってすぐ、女体化《にょたい》したレオンっちを襲《おそ》おうとしたんだけどさ。

その後、ヤケクソになって、一緒《いっしょ》にクレープ食いに行くことにした。

そしたら、偶然《ぐうぜん》会ったいいんちょが「レオンちゃんは私の赤ちゃんだもん」って言い出して、マジで意味がわからなかった。

説明聞いても、何一つ理解できなかった。アレってウチの理解力が低いせいじゃないよね？

いいんちょみたいに勉強しすぎると、ああなっちゃうの？　怖《こわ》っ。

んで気がついたら、ウチはいいんちょと張り合ってた。

レオンっちはウチの彼ピ（仮）のくせに、いいんちょにデレデレしてた。許せん。今度説教してやんないとな。

第6話　女性教官に芸を仕込んでいただけた

翌日の放課後。特別授業のために闘技場《とうぎ》にやって来た俺は、昨日いかに大変だったかをリリアさんに話して聞かせた。

「そうですか……シエラさんとフィオナさんの2人と……。両手に花で、ずいぶん楽しそうですね」

リリアさんは眉間《みけん》にしわを寄せ、俺を睨《にら》んできた。

「いや、大変だったって話なんですが……？」

しかし、リリアさんの眉間《みけん》に刻み込まれたしわは消えない。

なんでそんなに不機嫌《ふきげん》そうなんだ……？

「と、とにかく。これだけ女性と関わったんですから、さすがに俺にも免疫《めんえき》が――」

「できているわけがないです。レオンさんはどうせ今日もモン娘《むす》に負けます」

リリアさんは語気を強めて断言した。まさかここまで期待されていないとは。

「とはいえ、想《おも》い人がいれば魅了耐性《みりょうたいせい》ができるという話は、わたしも聞いたことがあります。

もしもレオンさんがシエラさんかフィオナさんに骨抜《ほねぬ》きにされていたら、何かの間違《まちが》いで勝てるかもしれませんね」

「俺の勝利は間違《まちが》い扱《あつか》いなんですね……」

そこまで期待されていないというのは、さすがに心外だ。今日こそは勝利して、汚名《おめい》返上しなければ。

俺は鼻息を荒《あら》くし、第１アリーナの中央に移動した。

そして眼前の鉄柵《てつさく》が上昇《じょうしょう》し、現れたスライムさんは――最初から全裸《ぜんら》だった。

俺は敗北した。

S　S　S

「どうやら、シエラさんにもフィオナさんにも骨抜《ほねぬ》きにはされていないようですね」

スライムさんの粘液《ねんえき》まみれになった俺に向かって、リリアさんは微笑《ほほえ》みかけてきた。

「リリアさん、なんか嬉《うれ》しそうじゃないですか？」

「嬉《うれ》しいわけがないでしょう、頭がおかしいことを言わないでください」

リリアさんは刺々《とげとげ》しく言い、いつもの仏頂面《ぶっちょうづら》に戻《もど》ってしまった。

「それで、今日の罰《ばつ》についてですが」

「ごくり」

「レオンさんは女性が相手だと木偶《でく》の坊になるので、芸を仕込むことにしましょう」

「芸……？」

「まず、わたしが『おすわり』と言ったら、すぐさまその場にしゃがんでください」

「はい」

俺は言われた通り、身をかがめた。

すると俺を見下ろしているリリアさんが、困惑《こんわく》したような表情になる。

「普通《ふつう》の人間は、芸を仕込むと言われて犬扱《あつか》いされたら屈辱《くつじょく》を覚えて、抵抗《ていこう》すると思うのですが」

「そうなんですか？　俺はまったく問題ありませんが」

半裸《はんら》で森に半日拘束《こうそく》されるのに比べたら、なんて軽い罰《ばつ》なのか。

「……まぁいいです。では次に、わたしが『起立』と言ったら立ち上がり、『前進』と言ったら何があっても前に進んでください」

「わかりました」

「『起立』『前進』」

俺はおすわりをやめて立ち上がり、前進を開始する。

すぐに鉄柵《てっさく》にぶつかったが、リリアさんから前進をやめるような命令は出ていないので、足を止めない。鉄柵《てっさく》に顔面や胸筋を押しつけ、押し込むつもりで歩き続ける。

するとリリアさんが鉄柵《てっさく》を上昇《じょうしょう》させ、奥に進めるようにした。

この鉄柵《てっさく》は魔物《まもの》を閉じ込めておくためのものなので、ここから先には危険が待っている。当然、俺は足を止め――

「何をしているのですか？　まだ『前進』を解除していませんよ？」

リリアさんはどこからか取り出した鞭《むち》で地面を叩《たた》き、俺を威嚇《いかく》してきた。

――これは命令だ。たとえ命の危険があろうとも、進むしかない。

俺はそのまま前進していき、奥にいたキマイラと対峙《たいじ》した。頭がライオンで胴体《どうたい》がヤギで尻《しっ》尾《ぽ》はヘビという、奇妙《きみょう》な姿をした魔物《まもの》だ。この個体の体長は3メートル弱というところだろうか。

「『抜刀《ばっとう》』」

命令された瞬間《しゅんかん》、俺は刀を抜《ぬ》いた。もちろん歩みを止めはしない。

「『跳躍《ちょうやく》』『水平斬《ぎ》り』」

俺は柄《つか》を握《にぎ》りしめ、両足に力を溜《た》める。

しかし、地面を蹴《け》る直前にキマイラが巨大《きょだい》な右腕《みぎうで》を振《ふ》り上《あ》げたので、咄嗟《とっさ》に背後に飛《と》び退《の》いた。

「何をしているんですか！　命令通りに動きなさい！」

後退した直後、背中に鋭《するど》い痛みが走った。鞭《むち》で叩《たた》かれたのだ。

「次に命令を無視したら、鞭《むち》じゃなく剣《けん》で罰《ばっ》を与《あた》えます」

「それは殺すってことですよね……？」

俺は困惑《こんわく》しながらも覚悟《かくご》を決めた。

リリアさんを殺人犯にするわけにはいかない……!!

「『跳躍《ちょうやく》』『袈裟《けさ》斬り』」

命令を受け、俺は刀を構えながら地面を蹴《け》った。

次は袈裟《けさ》斬り、袈裟《けさ》斬り、袈裟《けさ》斬り――

しかし、キマイラの爪《つめ》が眼前に迫《せま》ると、俺は防御《ぼうぎょ》を優先してしまった。

キマイラの攻撃《こうげき》を刀で弾《はじ》き、着地する。またしても命令を無視してしまったのだ。

俺の体には、魔物《まもの》を狩《か》る動きが染《し》み込みすぎている。考えるより前に、体が勝手に反応してしまうのだ。

また背中を叩《たた》かれることを覚悟《かくご》したが、いつになっても衝撃《しょうげき》はやってこなかった。

「――レオンさん、少し休憩《きゅうけい》しましょう」

S　　S　　S

「……面目《めんぼく》ないです。リリアさんが俺のために、解決方法を考えてくれたのに……」

闘技場《とうぎじょう》の控《ひか》え室《しつ》に入ってすぐ、俺は深々と頭を下げた。

「でも、どうしても命令通りに動くことができなくて……」

「気にしないでください。命の危機に瀕《ひん》した際、余計なことを考えられなくなるのは、自然なことです」

予想に反し、叱責《しっせき》されることはなかった。

リリアさんは淡々《たんたん》とした口調で続ける。

「芸を仕込むのは、レオンさんには合わなかったようです。他の方法を模索《もさく》しましょう」

「えっ……いいんですか？」

「もちろんです。無理やり合わせようとしても、ろくなことはありませんから」

リリアさんは鞭《むち》を控《ひか》え室《しつ》のテーブルに置いた後、こちらに向き直った。

「ところで、レオンさんの特徴《とくちょう》を知っておくために、いくつか質問をしてもいいですか？」

「はい！　何でも聞いてください！」

「ではまず、現在のシエラさんとフィオナさんとの関係についてです。2人のどちらかに対して、恋心《こいごころ》を抱《いだ》いていますか？」

「……えっと、それってモン娘《むす》に勝てないことと関係あるんですか？」

「当然です。個人的な興味によって生じた質問であるわけがないじゃないですか」

「そ、そうですよね」

「もしかして、答えづらい事情でもあるんですか？　2人のどちらかではなく、両方に恋《こい》してしまったとか」

勝手に邪推《じゃすい》したリリアさんが睨《にら》んできた。

「そういうわけではないんですが……。恋心《こいごころ》か……。正直、自分でもよくわからないんですよね」

「そういうのはいいから、早く答えてください」

「いや、本当のことなんですよ。……この学校に転入してきてすぐの頃《ころ》は、シエラさんのことが好きすぎて、すぐにでも結婚《けっこん》したいと思っていました。授業そっちのけで、ずっとシエラさんのことを考えていましたし」

「なるほど……？」

正直に答えすぎたせいでリリアさんの額に青筋が浮《う》かんでしまったが、いったん気にせず話を続ける。

「でも、シエラさんに赤ちゃん扱《あつか》いされるようになって、自分の気持ちがよくわからなくなったんです。たしかにドキドキはするんですが、これが恋《こい》なのかと聞かれると、判断に困るというか」

「なるほど、そういうことですか」

「いえ、赤ちゃん扱《あつか》いするシエラさんの方に問題があると思います」

「俺、変ですかね？」

俺は胸をなで下ろし、続ける。

「ですよね」

「フィオナさんに対しても、同じような感じです。彼ピ（仮）と言われていますし、一緒《いっしょ》にいるとドキドキするんですが、恋《こい》なのかはわからなくて……」

「無理もありません。まだ知り合って数日ですし、レオンさんは女性との接触《せっしょく》経験がほとんどないようですから」

「そうなんです。ただでさえ環境《かんきょう》の変化が大きい上に、色々なことが起きすぎて、脳の処理が追いついていないというか」

「では、質問を変えます」

リリアさんは食い気味に言い、俺をまっすぐに見据《みす》えた。

「シエラさんやフィオナさんに対して、恋心《こいごころ》を抱《いだ》けそうですか？」

「──それは、もちろんです」

2人とも、ものすごい美人だ。俺が恋《こい》に落ちる可能性は十分にある。

などと考えていると、リリアさんがとんでもないことを言い出した。

「……であれば、レオンさんが誰《だれ》かと恋仲《こいなか》になるまで、特別授業を中止しましょうか」

「――えっ」

思わず聞き返した俺に、リリアさんが説明する。

「レオンさんがスライムのモン娘《むす》の裸《はだか》で毎回興奮するのは、人間の女性を知らないからというのが一番大きいと思います。下品な言い方になってしまいますが、何度か性交すれば、耐性《たいせい》ができる可能性が高いです」

「な、なるほど……。……なんか、女性を利用するみたいで、少し抵抗《ていこう》がありますね」

「好き同士なら問題ないでしょう。そもそも、打算が一切《いっさい》ない恋愛《れんあい》など、存在しないのですから」

「そうなんですか⁉」

「当然です。パートナーが強ければ生存率が上がる。パートナーが裕福《ゆうふく》なら子どもをたくさん作れる。そういう計算をするのは人間の宿命なのです。なぜなら、わたしたちの遺伝子に組み込まれているのですから」

「……難しくて、正直よくわからないです」

「要するに、わたしたちは本能的に優《すぐ》れたパートナーを求めている。そしてレオンさんは強いし、顔も悪くないので、女性に好かれる可能性が高い。放っておけば、そのうち誰《だれ》かと結ばれて女性に対する免疫《めんえき》ができるだろうというわけです」

「だといいんですが……」

「もしレオンさんの顔面が終わっているゴミだったら、童貞喪失《どうていそうしつ》の方法を考えなければならないところでしたがね」

「大人のお店に行くとか……？」

「そうですね。ただ、そういうお店での性交はリスクが高いので、あまりオススメはしません。惚《ほ》れ込んだ女性を独占《どくせん》するために借金を重ねた人や、危険な薬草を勧められて人生が破滅《はめつ》した人を何人も知っていますし」

「怖《こわ》い世界……」

「魔物《まもの》と同じくらい、人間は恐《おそ》ろしい生き物ですから。……なので、もしレオンさんがいつまでも童貞《どうてい》であれば、わたしの体を教材として差し出すことを検討する必要があると考えています」

そう告げられた瞬間《しゅんかん》、世界が止まった気がした。

思わず、リリアさんの下着姿を思い出す。

「マ、マジですか？」

「本気です」

「ひょっとして、これまでも生徒の筆下ろしをしてあげた経験が……？」

「そんなわけないでしょうが。……そこまでしようと考えたのは、レオンさんがずば抜《ぬ》けて優《ゆう》秀《しゅう》だからです」

リリアさんは少し恥《は》ずかしそうに言った。

「前にも言いましたが、あなたはいつか、魔王《まおう》を倒《たお》せる逸材《いつざい》だと思っています。人類の悲願を達成するためなら、わたしの体くらい安いものです」

「いや、安くはないと思いますけど」

「魔王《まおう》が放った魔物《まもの》によって、毎日何人が死んでいると思うんですか。それらの命に比べたら、安いです」

リリアさんはまっすぐに俺を見据《みす》え、話を続ける。

「……少し、昔話をさせてください。わたしは幼い頃《ころ》に両親を魔物《まもの》に殺されました。親がいなかったせいで、幼少期は苦労しました。毎日空腹でしたし、今生きているのが不思議なくらい劣悪《れつあく》な環境《かんきょう》で育ちました。

魔王《まおう》と魔物《まもの》を恨《うら》まない日はありません。何度、魔王《まおう》をこの手で討《う》ち取《と》る夢を見たことか。

自分で言うのも何ですが、わたしには類い希《まれ》なる才能がありました。もし幼少期からちゃんとした教育を受け、ちゃんと栄養のあるものを食べていれば、勇者として大成していたかもしれません。

ですが、今のわたしは教官止まり。成長期に栄養を取らなかったせいで身長が低く、筋肉量も少ないからです。

わたしは自分の夢を、生徒たちに託《たく》しています。そしてレオンさんは、最も可能性がある。

女性に対する免疫《めんえき》をつけるためだったら、少しくらい恥《は》ずかしくても、我慢《がまん》できます。それでわたしのような不幸な子どもを１人でも減らせるのなら」

「リリアさん……」

話を聞き、俺はこれまで、自分のことしか考えていなかったと痛感した。

それに、魔王討伐《まおうとうばつ》なんてスケールが大きすぎて、どうせ無理だろうと決めつけていた。

でも、リリアさんは俺のことを信じてくれている。

ならば、俺もリリアさんを信頼《しんらい》する努力をしなければ。

「──リリアさん。お願いがあります」

そう呼びかけると、リリアさんは目を泳がせた。

そしてたっぷり５秒ほど逡巡《しゅんじゅん》した後、ゆっくり口を開く。

「……なんですか」

「もう一度、俺に芸を仕込んでください」

「仕方ないで──はいっ？」

了承《りょうしょう》しかけたリリアさんが、なぜか途中《とちゅう》で聞き返してきた。

「えっ……お願いって、そっちですか？」

「ん？　そっちって、他に何があるんですか？」

「わたしはてっきり……いえ、何でもないです」

リリアさんは顔を真っ赤にし、下を向いて黙《だま》り込んでしまった。

「えっ、なんですか？　気になるから教えてください」

「黙《だま》りなさいゴミクズ。これ以上わたしの時間を無駄《むだ》にするなら唇《くちびる》を縫《ぬ》い合《あ》わせますよ」

突然《とつぜん》リリアさんが早口で怒《おこ》ってきた。

この人が怒《おこ》るポイントがわからない……。

「それで、なぜ芸を仕込まれたいと考えたんですか？」

「……リリアさんのことを、信じたいと思ったんです。それから、期待に応えるために、最大限の努力をしたいと」

俺がそう答えると、リリアさんは満足げに笑った。

「レオンさんは終わっているゴミだと常々思っていますが、毎回最後の最後にちょっとだけ光る部分が見つかるんですよね」

「それ、褒《ほ》めていますか？」

「どれだけポジティブだったら褒《ほ》めていると誤解できるんですか。レオンさんの頭は本当におめでたいですね」

S

S

S

気持ちを新たにした俺は、リリアさんと共に第1アリーナに戻《もど》り、再びキマイラと対峙《たいじ》することになった。

鉄柵《てっさく》を跳《は》ね上《あ》げると、キマイラが進み出てきた。低い唸《うな》り声を発し、今にも俺に飛びかからんとしている。

「『抜刀《ばっとう》』『前進』」

命令を受けて刀を抜《ぬ》き、前方に鎮座《ちんざ》するキマイラに向かって歩を進める。

逃《に》げてはダメだ。反応してはダメだ。恐怖《きょうふ》を持ってはダメだ。

自分の意思は持つな――

やがて、キマイラの射程圏内《けんない》に入った。

「『跳躍《ちょうやく》』『袈裟《けさ》斬《ぎ》り』」

「うおおおお！」

俺はリリアさんを信じ、地面を蹴《け》りつつ刀を振《ふ》り上《あ》げた。

巨大《きょだい》な爪《つめ》が眼前に迫《せま》る。だが恐怖《きょうふ》は無視し、刀を振《ふ》り下ろすことだけに集中する。

今の俺は、与《あた》えられた命令を遂行《すいこう》するだけの憐《あわ》れな人形なのだ。

「うらぁっ!!」

斜《なな》めに斬《き》り下ろした刹那《せつな》、キマイラの顔面から鮮血《せんけつ》が飛び散った。

しかし、深手を負わせたものの、絶命させるには至っていない。

『刺突《しとつ》』」

追撃《ついげき》の命が下り、いったん刀を引いた後、一気に腕《うで》を伸《の》ばした。

俺の攻撃《こうげき》はキマイラの左目を捉《とら》え、そのまま深々と突《つ》き刺《さ》さる。

数瞬後《すうしゅんご》には切っ先が脳に到達《とうたつ》したようで、キマイラの巨体《きょたい》が動かなくなり、ゆっくりと地に伏《ふ》した。

「——リリアさん！　やりましたよ！」

「……第1段階は突破《とっぱ》、という感じですね」

てっきり褒《ほ》めてもらえると思ったのに、リリアさんは無表情で淡々《たんたん》と言った。

「喜ぶのは早いです。まだ命令への反応が遅《おそ》く、頭で考えている感じがします。命令が鼓膜《こまく》に届いた瞬間《しゅんかん》に体が自動で動くところまで、たっぷり芸を仕込まなければなりません」

リリアさんは鞭《むち》を握《にぎ》りしめながら、薄《うす》く笑った。

S　S　S

その後、俺は第1アリーナでひたすら『投擲《とうてき》』や『伏《ふ》せ』や『土下座』など、様々な命令を覚えさせられた。

一部戦闘《せんとう》には関係ない命令もあったのだが、すぐさま指示に従わないと鞭《むち》で叩《たた》かれるので、訓練開始から3時間が経《た》った頃《ころ》には脊髄《せきずい》反射的に動けるようになっていた。

要するに、自分で考えたら負けなのである。

「ここまで思い通りに動かせるなんて……レオンさんは本当に面白《おもしろ》いオモチャですね」

俺の動きが完璧《かんぺき》になったところで、リリアさんが嘲笑《ちょうしょう》してきた。

「『おすわり』『お手』」

俺はすぐさま腰《こし》を落とし、リリアさんが差し出した手に右手を重ねた。

「『土下座』」

リリアさんが言い終わる前に両手を揃《そろ》えつつ正座。そのまま地面に額をこすりつけた。

「ふふっ。これならスライムのモン娘《むす》にも負けないでしょう。明日が楽しみです」

小バカにされているだけかと思ったが、誇《ほこ》らしい気持ちもあるようだ。俺は少しだけ嬉《うれ》しくなった。

こうして、俺とリリアさんの信頼《しんらい》が深まったのだった。

S　S　S

指示通りに動くよう調教された日の夜。リリアさんが俺の部屋を訪ねてきて、「魔物討伐《まものとうばつ》の依頼《いらい》が入りました」と告げた。

当然、拒否権《きょひ》はない。俺は着の身着のまま馬車に乗せられた。

それから2時間ほどで被害《ひがい》報告があった村に着いたが、魔物《まもの》はすでに去った後だった。探索《たんさく》は明日にすることにし、村に1軒《けん》だけある宿屋に泊《と》まる。

調教によって疲《つか》れていた俺は、ふらふらになりながら自分の部屋に入った。ドアを開けてマッチを擦《す》り、蠟燭《ろうそく》に火を灯《とも》そうとしたところで――

「誰《だれ》だ」

邪悪《じゃあく》な気配を察知し、蠟燭《ろうそく》に火を付けると同時に抜刀《ばっとう》した。

「……隠密《おんみつ》作戦だからドラゴンちゃんは置いてきたのに、よくわかったわね」

カーテンの陰《かげ》に隠《かく》れていた人物が、こちらに歩み寄ってきた。

蠟燭《ろうそく》の火と、室内に差し込む月明かりに照らされ、その全容が明らかになる。

隠《かく》れていたのは、ドラゴン使いだった。

「――うおおおおっ！」

彼女が身に着けているのは、際《きわ》どい下着のみ。一瞬《いっしゅん》で目を奪《うば》われ、歓声《かんせい》を上げてしまう。

「ふふふっ。物欲《ものほ》しそうな顔をして、可愛《かわい》い子」

ドラゴン使いは妖艶《ようえん》な笑《え》みを浮《う》かべながら、ブラジャーのフロントホックに指をかけた。

思わず生唾《なまつば》を飲み、相手の一挙手一投足を注視する。

「別の出会い方をしていたら、ペットにしてあげたのにねぇ」

ドラゴン使いはそう言いながらブラジャーを放り投げ、豊満な胸を露《あら》わにした。

ものすごくキレイだった。体中の血液が急速に一点に集中する。

しかし、ほんの少しだけ残っている理性がブレーキをかけた。もし魅了《みりょう》されたら、また催眠《さいみん》にかけられる、と。

だが、遅《おそ》かった。警戒《けいかい》した時にはすでに、体が動かなくなっていたのだ。

「——あら、催眠《さいみん》状態になっても意識を保っていられるの？　ちょっとは魅了耐性《みりょうたいせい》が付いたのかしら？」

「……訓練しましたから」

「ふーん。でも体は動かないみたいね。じゃあ……」

ドラゴン使いは舌舐《したな》めずりし、有刺鉄線《ゆうしてっせん》のような鞭《むち》を取り出した。

「アタシの大事なドラゴンちゃんを殺した恨《うら》み、たっぷり返してあげるわ！」

ドラゴン使いが鞭《むち》を振《ふ》り上《あ》げ、俺の右肩《みぎかた》に勢いよく振《ふ》り下ろした。

鞭《むち》に付いている無数の棘《とげ》が俺の服と皮膚《ひふ》を抉《えぐ》り、血が吹《ふ》き出《だ》した。

「アハハハハ！　どう？　痛いでしょ？　苦しいでしょ？　怖《こわ》いでしょ？」

ドラゴン使いが探《さぐ》るような視線を向けてきた。

「人間って、どんなことを考えながら苦しんでいるかわかるから、いたぶってて面白《おもしろ》いわよね！　さぁ、今どんな気持ちか、教えなさい！」

俺はドラゴン使いの目つきにゾクゾクしつつ、すぐさま命令に従う。

「気持ちいいですっ!!」

「――はっ？」

俺が正直に答えた瞬間《しゅんかん》、ドラゴン使いの笑《え》みが歪《ゆが》んだ。

「おっぱいを見せてもらいながら痛めつけていただけて、最高ですっ!!」

「……な、何言ってんのアンタ？　催眠《さいみん》状態だから、嘘《うそ》はつけないはずなのに……」

「俺の嘘偽《うそいつわ》らざる気持ちです!!」

「棘《とげ》の鞭《むち》で叩《たた》かれてんのよ？　アタシがその気になったら死ぬのよ？　怖《こわ》くないわけ？」

「こんな美しい女性に殺されるかもしれないという状況《じょうきょう》に興奮しています……!!」

「何コイツ……気色悪っ……」

ドラゴン使いは俺に侮蔑《ぶべつ》の視線を向け、俺の額に唾《つば》を吐《は》きかけてきた。

「ありがとうございます……!!」

「な、なんでお礼を言うわけ……？」

「もちろん、最高のご褒美《ほうび》だからですよ……!!」

「り、理解不能……！　これがコイツの紛《まぎ》れもない本心なんて、信じたくない……！」

「もっと叩《たた》いてくださいっ!!　もっと体液をかけてくださいっ!!」

「何なのよアンタ⁉　アタシはドラゴンちゃんの恨《うら》みを晴らすために、拷問《ごうもん》して苦しめて命《いのち》乞《ご》いさせる予定だったのに……!!」

ドラゴン使いは悔《くや》しそうに地団駄《じだんだ》を踏《ふ》み、俺の体を目掛《めが》けて何度も鞭《むち》を振《ふ》り下ろした。

鞭《むち》を打ちつけられる度《たび》に猛烈《もうれつ》な痛みを覚え、皮膚《ひふ》が裂《さ》けて鮮血《せんけつ》が飛び出る。

しかし、俺の気持ちいいという感覚は変わらない。

むしろ快楽のレベルが上がっていく……!!

「はぁ……はぁ……!!　こんな美女にいたぶっていただけるなんて……!!」

「――っ⁉」

ドラゴン使いは顔を歪《ゆが》めた。その瞳《ひとみ》の中には、怯《おび》えの感情があるように見えた。

圧倒的《あっとうてき》優位に立っているのに、いったいなぜ――

「もういい!!　このままぶっ殺してやる!!」

ドラゴン使いは絶叫《ぜっきょう》し、鞭《むち》を大きく振《ふ》りかぶった。

しかし、次の衝撃《しょうげき》が来ることはなかった。

「――すみません、遅《おそ》くなりました」

俺とドラゴン使いの間に割って入り、盾《たて》で鞭《むち》を受け止めたリリアさんが、チラリとこちらを振《ふ》り返《かえ》った。

そして目が合った瞬間《しゅんかん》、リリアさんの感情が同情から軽蔑《けいべつ》に変わったのがわかった。

「今はニヤニヤしている場合じゃないでしょうに……。あなたはこんな状況《じょうきょう》でも快楽を覚えてしまう変態なんですね……」

そう罵《ののし》られた瞬間《しゅんかん》、俺は違和感《いわかん》を覚えた。なぜか、いつものような悦《よろこ》びが湧《わ》き上《あ》がってこないのだ。

相も変わらず、俺の頭の中はドラゴン使いのおっぱいのことでいっぱいだ。これが催眠《さいみん》の力か……!!

「出たわねクソ女!! アンタもぶち殺してあげるわ!! ドラゴンちゃん、おいで!!」

ドラゴン使いが絶叫《ぜっきょう》した直後、宿屋の窓が割れ、体長3メートルほどのドラゴンが室内に飛び込んできた。

割れたガラスが飛び散る中、ドラゴンは突進《とっしん》を続け、リリアさんの体を突《つ》き飛《と》ばす。

「リリアさんっ!!」

襲《おそ》ってきたドラゴンは比較的《ひかくてき》小型だが、その突進攻撃《とっしんこうげき》は、普通《ふつう》の冒険者《ぼうけんしゃ》なら一溜《ひとた》まりもない威力《いりょく》だった。

リリアさんは受け身を取ったものの壁《かべ》に打ちつけられ、大きなダメージを受けたようだ。

すぐに起き上がったが、両足がふらついている。

「……くそっ!! リリアさんを助けたいのに……!! 体が……動かない……っ!!」

奥歯《おくば》を噛《か》み締《し》めた俺を見て、ドラゴン使いは嘲笑《ちょうしょう》する。

「どうやらアンタは、自分よりあの女が傷付く方が苦しいみたいね。だったら……！」

そんなドラゴン使いのつぶやきに呼応するかのように、ドラゴンはリリアさんに向かって巨《きょ》大《だい》な腕《うで》を振《ふ》り下ろした。

リリアさんは盾《たて》を構えたものの、攻撃《こうげき》をいなすことができず、その場に突《つ》っ伏《ぷ》してしまう。

「ハハハハハ‼　ざまぁみろ‼　このまま死なない程度に弄《もてあそ》んでやるよ‼」

ふらふらと立ち上がるリリアさんを見て、俺は申し訳なさでいっぱいになる。

「すみませんリリアさん……。俺、また魅了《みりょう》されたせいで、体が動かなくて……」

「――はぁ？　寝《ね》ぼけたこと言ってんじゃねぇよ」

ボロボロのリリアさんが、突然《とつぜん》乱暴な口調で罵倒《ばとう》してきた。

そして鋭《するど》い目つきで俺を睨《にら》む。

「お前はわたしの犬なんだよ‼　こんな女に見とれてないで、わたしのために刀を抜《ぬ》け‼」

――その瞬間《しゅんかん》、俺の魂《たましい》が震《ふる》えた。

そして考えるよりも早く、右腕《みぎうで》が動いた。

自分の意思と関係なく、俺の右手が柄《つか》を握《にぎ》り、抜刀《ばっとう》したのである。

そのことに気付いたドラゴン使いは、すぐさま飛《と》び退《の》いた。

「まさか、アタシの催眠《さいみん》が解けたの⁉」

しかし、そうだとは言えなかった。刀を構えることはできたものの、相変わらず体は自由に動かないのだ。

「……なんだ、一瞬《いっしゅん》動けただけか。……そうよね、アタシの催眠《さいみん》を自力で解けるヤツなんか、いるわけがないわ。驚《おどろ》かせやがって――」

「『突進《とっしん》』『刺突《しとつ》』！」

ドラゴン使いが気を緩《ゆる》めた直後、リリアさんが叫《さけ》んだ。

その声が鼓膜《こまく》に到達《とうたつ》した刹那《せつな》、俺の体は走り出していた。

――そうか。催眠《さいみん》状態にあっても、リリアさんの命令には従えるのか。

なぜなら、無意識レベルで体に叩《たた》き込まれたから――

その事実に思い至ったのとほぼ同時に、俺の体はドラゴン使いを目掛《めが》けて、刀を突《つ》き出《だ》していた。

ドラゴン使いの胸部に、俺の刀が深々と突《つ》き刺《さ》さる。

直後、俺は催眠《さいみん》状態から解放され、体の自由を取《と》り戻《もど》した。

すぐさま方向転換《てんかん》し、ドラゴンに向かって疾駆《しっく》。そのまま首を刎《は》ねた。

ドラゴンが死んでいることを確認《かくにん》した後、床《ゆか》に横たわるドラゴン使いに視線を移動させる。

俺の攻撃《こうげき》によって肺を損傷したらしく、苦しそうに肩《かた》で息をしている。

目が合うと、ドラゴン使いの唇《くちびる》が、力なく動き出した。

「た……助けて……。アンタたちを襲《おそ》ったのは、ほんの出来心で……。自分が大ケガをして、初めて他人の痛みがわかった……。これまでのこと、本当に後悔《こうかい》してるの……」

ドラゴン使いの瞳《ひとみ》には、大粒《おおつぶ》の涙《なみだ》が浮《う》かんでいた。

「……リリアさん、この人をどう――」

問いかけようとした刹那《せつな》、リリアさんがドラゴン使いの首に勢いよく剣《けん》を突《つ》き立《た》てた。

「ぐあっ……!!　この……クソおん……」

ドラゴン使いは血を吐《は》きながら悪態をつこうとしたが、途中《とちゅう》で力尽《ちからつ》き、動かなくなった。

リリアさんは納剣《のうけん》した後、俺の目をまっすぐに見据《みす》えた。

「――レオンさん、愚問《ぐもん》です。どんな見た目だろうが、魔物《まもの》は魔物《まもの》。こいつらの涙《なみだ》にも命乞《いのちご》いにも価値はありません」

「は、はい……」

「本当ならこれから1時間ほど説教をしたいところですが、わたしは傷の手当てをしなければならないので、後日にしましょう」

「だ、大丈夫《だいじょうぶ》ですか？」

「あまり大丈夫《だいじょうぶ》ではありません。わたしは治療《ちりょう》のために学校に戻《もど》ります。明日討伐《とうばつ》する予定だった魔物《まもの》は、レオンさん1人で倒《たお》せますよね？」

「ええっ？　いや、俺も結構ケガしてますし、さすがに荷が重いんですが……」

「わたしは無理だと思う提案はしませんが？」

リリアさんは有無《うむ》を言わさぬ口調だった。

「……頑張《がんば》ります」

「あと、宿屋の部屋を壊《こわ》してしまったことへの謝罪と補償《ほしょう》、ここにある魔物《まもの》たちの死体の処理もお願いします」

「はい……」

力なく返答した俺に背を向け、リリアさんは廊下《ろうか》に向かって歩き出した。

だが、部屋を出て行く直前、こちらを振《ふ》り返《かえ》る。

「……催眠《さいみん》状態にも拘《かか》わらず、わたしの命令通りに動いたことは褒《ほ》めてあげます。ほんの少しではありますが、成長しましたね。――駄犬《だけん》から傀儡《かいらい》人形に格上げしてあげます」

月明かりにぼんやりと照らされる中、リリアさんはそう言って微笑《ほほえ》んだのだった。

インターミッション　リリアの苦悩《くのう》③

ドラゴンとの闘《たたか》いで負傷したわたしは、あまりに苦しくて喘《あえ》いでいた。

悪路を走る馬車が揺《ゆ》れる度《たび》、全身に鋭《するど》い痛みが走る。

レオンさんの前では強がっていたけれど、かなりの重傷だった。手持ちの薬草ではどうしようもないので、学校に着くまで耐《た》えるしかない。

気を紛《まぎ》らわすため、今日の出来事を思い返すことにした。

まず、午前中は普通《ふつう》に授業をして……。放課後、レオンさんはまたしてもスライムのモン娘《むす》に魅了《みりよう》され、敗北した。

わかりきっていた結果だけど、どこかでホッとしている自分がいた。シエラさんやフィオナさんと爛《ただ》れた関係になっていない可能性が高まったからかもしれない。

その後、わたしはレオンさんに自分の生《お》い立《た》ちを話した。重いと思われる危険もあったけど、「リリアさんのことを、信じたいと思ったんです」と言ってもらえて、素直《すなお》に嬉《うれ》しかった。

……それはそれとして、あの流れで体の関係を求めてこなかったのは、いったいなぜなのか。

わたしは「わたしの体を教材として差し出すことを検討する必要がある」とか、「人類の悲願を達成するためなら、わたしの体くらい安いものです」とか、「少しくらい恥《は》ずかしくても、我慢《がまん》できます」とまで言ったのに。

いや、別にレオンさんと性交したかったわけではない。

でも、下半身に頭を支配されているレオンさんなら、「やらせてください」と頼《たの》み込んでくると覚悟《かくご》していたのに。

シエラさんやフィオナさんに比べて、わたしの体には魅力《みりょく》を感じないとでも？

それとも、人間としての理性がわずかに残っていて、わたしに同情したのか？

その後、レオンさんはドラゴン使いと遭遇《そうぐう》し、またしても魅了《みりょう》され、催眠《さいみん》にかけられた。

そして痛めつけられながらニヤニヤ笑っていた。救いようのない変態だ。

でも、傀儡《かいらい》人形としてわたしの命令通りに動いたから、褒《ほ》めてあげた。

あれだけ強いレオンさんを意のままに操《あやつ》れることに、わたしは喜びを覚えている。次はどんな命令をしてやろうか。

まずは明日、スライムのモン娘《むす》を八《や》つ裂《ざ》きにしてやろう。

エピローグ①　さようならスライムさん

リリアさんからの命令があれば魅了《みりょう》されていても闘《たたか》えるようになった俺は、満を持して、スライムさんとのリベンジマッチを行うことになった。

もちろん、モン娘《むすめ》が相手だとまともに闘《たたか》えないのは変わらないし、女性が苦手なのも簡単には直らない。

だが、傀儡《かいらい》人形として闘《たたか》えば、スライムさんを倒《たお》せるはずである！

などと他人任せなことを考えつつ闘技《とうぎ》場に入り、砂が敷《し》き詰《つ》められた第1アリーナの中央に立った。

そして鉄柵《てっさく》が跳《は》ね上《あ》がり、スライムさんが飛び出してくる——

「ザコのお兄ちゃーん!!　見て見てー!!」

スライムさんは楽しげな声を上げつつ、宙を舞《ま》っていた。

文字通り、飛び出してきたのである。

「な、なんでスライムが飛行能力を……!?」

驚愕《きょうがく》するリリアさん。それにスライムさんが答える。

「アタシ、レベルが上がりすぎて空を飛べるようになったみたい！ ザコのお兄ちゃんのおかげで、自由の翼《つばさ》を手に入れたの！」

スライムさんはそう告げた直後に急上昇《きゅうじょうしょう》。そのまま逃亡《とうぼう》してしまった。

スライムさんの姿が見えなくなった後、俺とリリアさんは顔を見合わせた。

「……レオンさんのせいで、新種のモン娘《むす》が誕生してしまったんですが」

「これ、俺のせいなんですかね？ スライムさんがドレスを自在に操《あやつ》れるようになった時点で、何らかの対策を講じるべきだったのでは？」

「ああ？」

「すべて俺の責任です！ 申し訳ありません！」

こうして俺たちは、厄介《やっかい》なモン娘《むす》を世に解き放ってしまった。

そして当然、放課後の特別授業はこれからも続くのだった。

エピローグ② 美少女たちに叱《しか》っていただけた

スライムさんを解き放ってしまった翌日の昼。俺はリリアさんの部屋に呼び出され、金貨を受け取ることになった。宿屋でドラゴン使いと遭遇《そうぐう》した翌日、俺1人で村を襲《おそ》った魔物《まもの》を討伐《とうばつ》した報酬《ほうしゅう》らしい。

ちなみに、宿屋を壊《こわ》してしまったことに対する補償《ほしょう》は、ドラゴンの死体を売った代金でまかなえたそうだ。

「ありがとうございます。幼少期からずっと魔物討伐《まものとうばつ》をしてきましたが、報酬《ほうしゅう》をもらうのは初めてなので、すごく嬉《うれ》しいです……!!」

「昔の話を聞く度《たび》に思いますが、レオンさんは大変な環境《かんきょう》で育ってきたんですね……」

「はい。でも、リリアさんのおかげで今はまともな生活ができているので、本当に感謝しています」

「そう言っていただけて、わたしも嬉《うれ》しいです。ちなみに、その報酬《ほうしゅう》を何に使うかは決めているんですか？」

「もちろんです。このお金で大人のお店に行ってみようと思っています」

「死ねよ!!」

リリアさんが絶叫《ぜっきょう》した。

その命令を受け、俺はすぐさま抜刀《ばっとう》し、自らの首筋に当てる。

だが、一思いにやろうとしたところで、リリアさんに制止された。

「死ぬな！　今のはただの罵倒《ばとう》であって、命令ではない！」

命令が取り消されたので、俺は刀を首筋から離《はな》す。

「リリアさん、紛《まぎ》らわしいことをしないでくださいよ。危《あや》うく死ぬところだったじゃないですか」

「わたしのせいにしないでください。命令されたからといって、あんなに躊躇《ちゅうちょ》なく死のうとする方がおかしいです」

「自分の意思とは関係なく体が動くよう、リリアさんに芸を仕込まれた結果です」

『黙《だま》れ』

「…………」

「話を戻《もど》します。報奨《ほうしょう》金の使い方は基本的に自由ですが、今回はトラブルに巻き込まれる危険があるので見過ごせません。なぜ大人のお店に行こうと思ったんですか？」

「…………」

「──あ、そっか。『話せ』」

「一番大きい理由は、今回のスライムさんの件に責任を感じているからです。二度とこんなことが起きないよう、早急《さっきゅう》に女性への免疫《めんえき》をつけなければならないと思いました」

「動機だけを聞くと間違《まちが》ってはいないんですが、再発防止策の内容に腹が立ちますね」

「でもリリアさんもこの前、『モン娘《むす》の裸《はだか》で毎回興奮するのは、人間の女性を知らないから』って言っていたじゃないですか」

「その後、『そういうお店での性交はリスクが高い』とも言ったはずですが」

「えっ？　そうでしたっけ？」

「あなたの脳みそは自分に都合がいいところだけ記憶《きおく》する仕組みになっているんですか？」

　リリアさんは眉間《みけん》にしわを寄せ、嘆息《たんそく》した。

「レオンさんのように女性が大好きな人間は、そういう行為《こうい》にハマってしまう危険があります。そして毎日お店に通うために借金を重ねて破滅《はめつ》した人が何人もいるんですよ」

「もし毎日通いたいと思った時は借金などせず、魔物《まもの》の討伐依頼《とうばついらい》を達成した報酬《ほうしゅう》で支払《しはら》うことを考えています。何度も女性と交われば免疫《めんえき》ができますし、魔物《まもの》に悩《なや》まされている人たちも救えて一石二鳥ですよね？」

「理屈《りくつ》が通っていて反論できないので、かわりに殴《なぐ》らせてください」

「理屈《りくつ》が通っているなら怒《おこ》らなくていいのでは⁉」

S　S　S

こうして俺はリリアさんに殴打《おうだ》された後、学校近くの街外れにある、怪《あや》しげなお店が集まる路地にやって来た。

まだ日が高いのだが、エロそうなオッサンがそこら中におり、これから入るお店を吟味《ぎんみ》しているようだ。

さっきはリリアさんに大人のお店に行く理由を「スライムさんの件に責任を感じているから」と説明したが、実はそれ以上に大きな目的がある。

性交時のマナーを学ぶことだ。

近い将来、俺はフィオナさんとセックスする関係になれるかもしれない。何せ俺は彼ピ（仮）なのだから。

しかし、セックス時の作法がわからない。

そもそも、やり方もよくわかっていない。

昨日は図書館に行ってみたのだが、セックスについて書かれた本はなかった。

勇者訓練校に男性の知り合いはいないから、質問することもできない。八方塞《はっぽうふさ》がりだ。

というか、普通《ふつう》はどうやってそういう知識を仕入れるのだろうか？　友人同士で情報共有することは何となく想像できるが、そのグループの最初の1人はどうやって性の知識を得るんだ？　まさか、両親に聞いたりするのだろうか？　俺は親というものを知らないのだが、そんなに開けっ広げなものなのか……？

などと悩《なや》みまくった結果、いざその時に恥《はじ》をかかないよう、勉強しに来たのだ。

正直、大人のお店に入るのは怖《こわ》い。何をされるかわからないからだ。

しかし、短い間に何度も死にかけたことで、そういう経験をしないまま死ぬことの方が怖《こわ》いと思うようになった。

少なくとも俺は人類の中ではかなり腕《うで》っ節《ぷし》が強い方みたいだし、過剰《かじょう》に心配することもないだろう。そう自分に言い聞かせながら、店の看板を見て回る。

だが、『印象倶楽部《くらぶ》』や『回春美容術』など意味不明な店名ばかりで、どんなサービスを受けられるのかは、ぜんぜんわからない。

いったい、どの店に入ればセックスができるんだ……⁉

途方《とほう》に暮れかけていると、『混浴楽園』という文字が目に飛び込んできた。

他の店に比べ、圧倒的《あっとうてき》にサービス内容が想像しやすかった。まず間違《まちが》いなく、お店の女性と混浴できるのだろう。

しかしそれだと、普通《ふつう》の混浴温泉との違《ちが》いがないような……？　大人のお店だし、体を洗ってもらえたりするのだろうか……？

しばらく悩《なや》んだ挙げ句、『混浴楽園』に入店することを決めた。セックス前には体をキレイにする必要があるだろうし、最高の未来を迎《むか》えられそうな気がする……!!

よし！　入るぞ！

……だが、店の入口まであと1メートルというところで、足が前に進まなくなった。

ここから先は、まさに未知の領域。そう考えると、ドラゴンと相対した時よりも緊張《きんちょう》してしまう。

本当に入店して大丈夫《だいじょうぶ》か？　何をされるのかまったくわからないが、どこかのタイミングでちんこを折られたりしないだろうか？

「――あっ！　レオンっち見つけた！」

あらぬ想像をしている最中、背後から呼びかけられた。

直後、首根っこを掴《つか》まれ、怒鳴《どな》られる。

「まさかこのお店に入ろうとしてる!?　ウチっていう可愛《かわい》い彼女がいるのに、そんなことしていいと思ってんの!?」

「フィオナさん!?　なんでここに!?」

「リリアせんせーから教えてもらったの！　レオンっちが大人のお店に行こうとしてるって！」

「なんだと……!?」

俺の恥《は》ずかしい情報を流布《るふ》するなんて、いったい何が目的なんだ⁉

「そんなことより、ちゃんと説明して‼　レオンっちはウチの彼ピ（仮）だってこと自覚してる⁉　してないよね‼」

「ち、違《ちが》うんです！　これはフィオナさんのためでもあって……！」

「はぁ？」

「その……将来そういうことをする時、俺がテクニシャンだった方が嬉《うれ》しいかと思って……」

と、企《たくら》みをすべて話した瞬間《しゅんかん》、フィオナさんはさらに眉《まゆ》をつり上げた。

「他の女で練習されて嬉《うれ》しいわけねーだろ‼」

「えっ⁉　そうなんですか⁉」

「当たり前でしょ‼　レオンっちはウチが他の男で練習してたらどう思うわけ⁉」

「……最悪な気持ちになりました」

「でしょ‼」

「でも、女性が練習するお店なんて——」

「実はさ、この近くに女性用の風俗《ふうぞく》もあるっぽいんだよね。探してみよっかな～」

「今すぐ帰りましょう‼」

知らない男にフィオナさんの体を汚《けが》されるなんて、あり得ない。

しかもそのためにお金を払《はら》うなんて、意味がわからなすぎる。

こうして、大人のお店でセックスの作法を学び、ついでに女性への免疫《めんえき》を付けるという俺の計画は、あっさり霧散《むさん》した。

「……てかさ、レオンっちって、ウチのことそういう目で見てたんだ？」

「そ、それは……まぁ……。（仮）とはいえ、一応彼ピなわけですし……」

「ふーん……」

「な、なんですか？」

「ちょっと想像――いや、なんでもない。ウザいからこっち見んな」

「す、すみません……」

俺たちは微妙《びみょう》な雰囲気《ふんいき》になりながら、この路地の出口に向かう。

だがそこで、前方にあり得ないものを発見した。

「――えっ!?　シエラさん!?　なんでここに!?」

「ウチが連れてきたの。いいんちょと二手に分かれて、レオンっちを捜《さが》してたんだよ」

動揺《どうよう》する俺に、フィオナさんが淡々《たんたん》と解説してくれた。

つまり、俺が大人のお店に行こうとしたことが、シエラさんにも知られているのか……!!

いや、でも、まだ入店しようとしたことがバレたわけではない。何とかごまかすしか――

「聞いてよいいんちょ！　レオンっちが混浴のお店に入って、体を洗ってもらおうとしてたの！」

少し離《はな》れたところにいるシエラさんに向かって、フィオナさんが大声で最悪の報告をしやがった。初手で俺の息の根を止めたのである。

もうシエラさんのことは諦《あきら》めるしかない……と思っていたのだが――

「なんだ。レオンちゃん、お風呂《ふろ》で体を洗ってほしかったんですね」

俺たちと合流したシエラさんはそう言って、なぜか笑顔《えがお》を向けてきた。

「それならレオンちゃん、ママと一緒《いっしょ》にお風呂《ふろ》に入りましょう」

「……はいっ？」

提案内容が理解不明すぎて、聞き返すことしかできなかった。

それから数秒経《た》ち、言葉の意味を解読できたところで、ようやく驚《おどろ》く。

「――えええええっ⁉　いいんですか⁉」

「ちょっといいんちょ⁉　何を言い出すの⁉」

「何って、私とレオンちゃんは親子なんだから、普通《ふつう》のことでしょ」

「たしかに！」

「いや納得《なっとく》すんなし‼　アンタらは偽装《ぎそう》親子でしょ‼」

「偽装《ぎそう》じゃないもん！　本物だもん！」

「そうですよ！　一緒《いっしょ》にお風呂《ふろ》に入ることによって、そのことを証明してみせます！」

「いやそんなの証明にならんから‼」

S　S　S

こうして俺は、シエラさんと混浴するという、ものすごいチャンスを得た。

フィオナさんは俺たちに化け物でも見るような目を向けているが、もはや彼女の好感度などどうでもいい。

問題は、どうやって混浴するかだ。

勇者訓練校の寮《りょう》にも風呂《ふろ》はあるが、当然男女別だ。街にある風呂屋《ふろや》も同じである。

温泉宿の中には混浴のところもあると聞いたことはあるが、探し出して使うわけにはいかない。俺はシエラさんの裸《はだか》を見たいが、他の男には絶対に見せたくないからだ。

となると、この前みたいに野湯を見つける必要がある。しかし、前回の発見はたまたまだし、もうあの場所は覚えていない。

――そういえば、金持ちの家には銅や木製の浴槽《よくそう》があって、暖炉《だんろ》などで温めたお湯を注いで入ると聞いたことがある。

「つまり、デカい浴槽《よくそう》を作って、お湯を溜《た》めればいいわけか。いやでも、今から浴槽《よくそう》を作ってお湯を沸《わ》かしていたら、明日になってしまう……」

などと頭を悩《なや》ませている中、シエラさんがこの上なく重要な情報をもたらしてくれた。

「そういえば、教員用のお風呂《ふろ》は貸し切りにできると聞いたことがあります」

S　S　S

「というわけで戻《もど》ってきました」

「信じられないくらい面の皮が厚いですね」

リリアさんにこれまでの経緯《けいい》を説明し、教員用のお風呂《ふろ》を貸し切りにしてほしいとお願いしたところ、当然のように嫌悪《けんお》感を示された。

もっとも、リリアさんの好感度もどうでもいい。そもそも俺は最初から嫌《きら》われまくっているわけだしな。

「……わかりました。女性に免疫《めんえき》を付けることができるかもしれませんし、特別に使わせてあげましょう」

「ありがとうございます!!　このご恩は未来永劫《えいごう》忘れません!!」

「ただし、浴室内で公序良俗《こうじょりょうぞく》に反する行為《こうい》は禁止されています」

「こうじょりょうぞく……？」

「性行為《せいこうい》をするなってことです。なのでわたしも同席し、違反《いはん》しないか監視《かんし》します」

「わかりました。ついでにリリアさんも一緒《いっしょ》にお風呂《ふろ》に入りましょう」

「入るわけないでしょうが!!」

リリアさんは絶叫《ぜっきょう》した後、風呂《ふろ》を貸し切りにできるか確認《かくにん》しに行った。

やがて戻《もど》ってきたリリアさんは、「今から1時間ほどなら自由に使っていいそうです」と苦虫を噛《か》み潰《つぶ》したような顔で告げた。

俺は期待に胸と股間《こかん》を膨《ふく》らませ、教員用の風呂《ふろ》に移動した。シエラさんだけでなく、リリアさんとフィオナさんも一緒《いっしょ》である。

「まずはママが裸《はだか》になるから、ちょっと待っててね～」

シエラさんが朗《ほが》らかに言い、俺は生唾《なまつば》を飲み込んだ。

これから、本当にシエラさんが俺を赤ちゃんだと思っているのかがわかる。

もし少しでも、俺を同年代の男だと考える理性が残っていれば、服を脱《ぬ》ぐのを躊躇《ちゅうちょ》するはずだからな――

などと考えている俺の眼前で、シエラさんは制服を手早く脱《ぬ》ぎ捨《す》て、下着姿になった。

す、凄《すご》すぎる……！

あの真面目なシエラさんが、こんな大サービスをしてくれるなんて……！

とはいえ俺は、シエラさんの赤ちゃんという設定だ。赤ちゃんが母親を見るのは普通《ふつう》のことなので、遠慮《えんりょ》せずガン見させてもらう。

直後、シエラさんはブラジャーに手をかけ、ホックを外した。

そのまま下着が外され、この上なく美しい胸が露出《ろしゅつ》してしまった。

「うおおおおっ!!」

思わず歓声《かんせい》を上げると、シエラさんは若干《じゃっかん》うつむき、照れ笑いを浮《う》かべた。

しかし胸を隠《かく》す気はないらしく、その真っ白いふくらみは、桃色《ももいろ》の先端《せんたん》まで丸見えだ。

俺は男に生まれたことを感謝しながら、神々《こうごう》しいまでに美しい乳房《ちぶさ》を凝視《ぎょうし》させてもらう。

そんな中、ついにシエラさんの両手の親指が、最後の1枚にかかった。

もうすぐ、普段《ふだん》はスカートの奥底に隠《かく》されている女性の秘密が、露《あら》わになる。幸せすぎて、頭がおかしくなりそうだ。

……だが、シエラさんはパンツに指をかけたところで動かなくなってしまった。

不思議に思って表情を確認《かくにん》すると、何かを堪《こら》えているようだった。

「……おかしいですね。レオンちゃんは赤ちゃんなのに、脱《ぬ》ぐことに抵抗《ていこう》が……」

シエラさんは誰《だれ》にともなくつぶやいた。

どうやら、おかしな言動を繰《く》り返《かえ》しているシエラさんにも、ほんの少しだけ理性が残っていたようだ。

もしかすると、さっき俺が発した歓声《かんせい》が原因かもしれない。自分の赤ちゃんだと思い込んでいた存在に、性的な目で見られていると意識してしまったのかも……。

「いいんちょ、それは自然なことだよ。だってレオンっちはホントの赤ちゃんじゃないんだから」

「違《ちが》います！　間違《まちが》いなく私の赤ちゃんです！　……ただ、赤ちゃんとはいえ男の子だから、裸《はだか》を見られることに抵抗《ていこう》があるだけで……」

シエラさんはそう言って、申し訳なさそうな目で俺を見てきた。ひょっとしたら、罪悪感を覚えているのかもしれない。

フォローしてあげたかったが、何を言えばいいのか、見当も付かない。だって俺は赤ちゃんじゃないし、普通《ふつう》に性的な目で見まくっているし……。

「事情はどうあれ、そういうことなら混浴はやめた方がいいでしょう。シエラさん、早く服を着てください」

「はい……」

リリアさんに促《うなが》されたシエラさんは俺に背を向け、そそくさとブラジャーを着けはじめた。脱《ぬ》ぐ時もエロかったが、着ける時のしぐさもヤバいくらいエロいな……!!

「──レオンさん」

シエラさんを凝視《ぎょうし》していたら、リリアさんに睨《にら》まれた。

名残惜《なごりお》しすぎるが、着衣中のシエラさんから目を逸《そ》らす。

混浴できなかったのは残念だが、すでに十分な収穫《しゅうかく》があった。高望みはやめておこう。

今の俺の願いは1つだ。早く1人になりたい。

「じゃあ俺、ちょっとトイレに――」

「『動くな』」

出口に向かって歩き出した直後、リリアさんに命令された。

全身が硬直《こうちょく》し、一歩も動けない。

「リ、リリアさん？　いったい何を？」

「それはこちらのセリフです。トイレに行って何をするつもりですか？」

「な、何って、小便か大便の2択《たく》ですよね……？」

「しらばっくれても無駄《むだ》です」

リリアさんがジト目を向けてきた。どうやら、すべてお見通しのようだ。

だがリリアさんには、今の俺に尿意《にょうい》も便意もないことを証明できないはずだ。

何とかして、本当にトイレに行きたいんだと思わせてみせる！

「バ、バカなことを言わないでください！　このままだと漏《も》らしますよ！」

「漏《も》らせばいいじゃないですか。隣《となり》が風呂《ふろ》場だから掃除《そうじ》も楽ですし」

「正気ですか!?」

「理不尽《りふじん》だと思うなら、わたしの命令を無視してトイレに行ってみなさい」

リリアさんは勝《か》ち誇《ほこ》った表情で挑発《ちようはつ》してきた。

……望むところだ。

そこまで言うなら、この呪縛《じゆばく》を解いてやる！

俺の1人になりたいという欲求を、甘く見《み》ないでほしい!!

……だが、どんなに強く願っても、指一本動かすことができない。

くそっ……!! どうにか切り抜《き》《ぬ》ける方法はないのか……!!

「……あのさ、2人とも、さっきから何の話してんの？」

フィオナさんが不思議そうに質問してきた。

「まるでリリアせんせーがレオンっちを動けなくした、みたいな話してるけど……」

「その通りです。私の命令は絶対厳守するよう、躾《しつ》けてありますから」

「──えっ!? マジ!? リリアせんせーが『動くな』って言っただけで、レオンっちは動けなくなっちゃうの？」

「その通りです。レオンさんがどんなに渇望《かつぼう》しようとも、もはや死ぬまで動くことができません」

そう言って、リリアさんは邪悪《じやあく》な笑《え》みを浮《う》かべる。俺をいたぶるのが心底楽しくて仕方ないという様子だ。

「何それ、ヤバくない？ どんな命令でも聞かせられんの？」

「ええ、大体は」

「『空を飛べ』とかもできんの？」

「……言われてみたら、通常では実行不可能な命令を受けたら、レオンさんはどうなるんですかね？」

リリアさんは興味深そうにつぶやいたかと思うと、俺の目を真《ま》っ直《す》ぐに見《み》据《す》えた。

「試《ため》しにやってみましょう。『今日起きたことをすべて忘れろ』」

「――っ!!」

その瞬間《しゅんかん》、俺の意識が途切《とぎ》れ、目の前が真っ暗になった。

S　　S　　S

「――レオンさん？　レオンさん？　どうしたんですか？」

「うん……」

リリアさんの声で目を覚ますと、なぜか俺は風呂《ふろ》場の脱衣《だつい》所に横たわっていた。すぐさま飛び起きる。

近くにはリリアさんとシエラさんとフィオナさんの3人がおり、心配そうに俺を見つめている。

「……えっ？　なんですかこの状況《じょうきょう》？」

そう問いかけると、なぜか３人は目を丸くした。

「レオンさん、何も覚えていないんですか？」

「何も……？」

リリアさんが何を言っているのか、ぜんぜんわからない。

「それより、ここはどこですか？　俺、昨日は自分の部屋で寝《ね》たと思うんですが……」

しかしリリアさんたちは質問に答えず、不審《ふしん》そうにお互《たが》いの顔を見合わせている。

「レオンっち、本当に全部忘れちゃったわけ？」

「そのようですね。そして『動くな』という命令をされたことも忘れたから、動けるようになったと……」

リリアさんは何かに納得《なっとく》がいったらしく、こちらに向き直った。

「あの、そろそろ説明を――」

「『シエラさんが服を脱《ぬ》いだことを思い出せ』」

「――あああああっ‼」

命令された瞬間《しゅんかん》、俺の頭の中に、美しすぎる映像が次々浮《う》かび上《あ》がってきた。

何なんだこれは……シエラさんの下着姿……裸《はだか》の胸⁉

そうだ、俺はさっきシエラさんの脱衣《だつい》シーンを……‼　なんでこんな凄《すご》いことを忘れていたんだ……!?

いや、そんなことはどうでもいい。とにかく、一刻も早くトイレに……!!

俺は脱衣所《だつい》の出口に向かって走り出した。

『『今日起きたことをすべて忘れろ』』

「──っ!!」

リリアさんから命令を受けた刹那《せつな》、俺の意識が消滅《しょうめつ》した。

S　S　S

「──レオンさん。レオンさん、大丈夫《だいじょうぶ》ですか?」

「ううん……」

リリアさんの声で目を覚ますと、なぜか俺は風呂《ふろ》場の脱衣《だつい》所に横たわっていた。すぐさま飛び起きる。

近くにはリリアさんとシエラさんとフィオナさんの3人がおり、不思議そうに俺を見つめている。

「……えっ? なんですかこの状況《じょうきょう》?」

そう問いかけると、なぜかリリアさんが吹《ふ》き出《だ》した。

「レオンさんって、本当に面白《おもしろ》いオモチャですね」

「……？　何の話ですか？」

しかしリリアさんはニヤニヤ笑うばかりで、何も答えてくれない。

すると、シエラさんが心配そうに覗《のぞ》き込んできた。

「レオンちゃん、私が服を脱《ぬ》いだこと、本当に忘れちゃったの？」

「──はっ？　服を脱《ぬ》いだ？」

シエラさんは何を言っているんだ？

まぁ、この人の発言がおかしいのはいつものことなんだが……何かがおかしい。

そもそも俺、昨日は自分の部屋で寝《ね》たはずだし……。

「レオンさんの生態に、俄然《がぜん》興味が湧《わ》いてきました。他にも面白《おもしろ》い遊び方ができないか、いろいろ試《ため》させてもらいますね」

リリアさんはそう言って、非常に魅力《みりよく》的な笑《え》みを浮《う》かべた。

そして結局、なんで俺が脱衣《だつい》所で寝《ね》ていたのかは、誰《だれ》も説明してくれなかった。

あとがき

電撃《でんげき》文庫では初めまして！　ライトノベル作家の岩波零《いわなみりょう》と申します！

突然《とつぜん》ですが、私は物心がついた頃《ころ》から、『年下の女の子に屈服《くっぷく》させられたい』という欲望を持っておりました。

しかし、現実世界ではそんなに都合良く、支配してくれる年下の女性は現れてくれません。

そこで私は、別の形で欲求を満たすため、ＭＦ文庫Ｊで『ゾンビ世界で俺は最強だけど、この子には勝てない』や『お嫁《よめ》さんにしたいコンテスト1位の後輩《こうはい》に弱みを握《にぎ》られた』という作品を出版しました。

その結果、電撃《でんげき》文庫のドＭな編集さんに捕捉《ほそく》されました。

最初にお誘《さそ》いいただいた時は、あまりに光栄すぎて信じられませんでした。電撃《でんげき》文庫は私の憧《あこが》れのレーベルであり、いつか先人たちのようにオシャレな作品を出版することを夢見ていたからです。

なので今回、『年下の女性教官に今日も叱《しか》っていただけた』という作品で電撃《でんげき》文庫童貞《どうてい》を失っていいのか、かなり悩《なや》みました。

できることなら、もっと格好いいタイトルの作品で童貞《どうてい》を捨てたかったんです。短い単語の組み合わせで独特な世界観をイメージさせるとか、一見すると意味不明なタイトルなんだけど本文を最後まで読むと意味がわかって感心させられるような……。

　でも、無理でした。

　だって、私が書きたいのは、年下の女の子に屈服《くっぷく》させられる話だし……。

　というわけで、私が欲望のままに書き上げた本作、いかがだったでしょうか？

　皆様《みなさま》に面白《おもしろ》いと思っていただけたなら、これ以上嬉《うれ》しいことはありません。私が捨てた童貞《どうてい》も報《むく》われるというものです。

　……ところで、初めてのレーベルで本を出すことを『童貞《どうてい》を捨てる』って表現していいんでしょうか……？　偉《えら》い人に怒《おこ》られたりしますかね……？

　今さらながら不安になってきましたが、もう後戻《あともど》りできないので謝辞に移行します。

　まずはイラストレーターのＴｗｉｎＢｏｘ様。素晴《すば》らしいイラストを描《か》いていただき、本当にありがとうございました。ヒロイン全員が可愛《かわい》くて、とにかく最高でした。

　続いて担当編集の駒野《こまの》様。打ち合わせの際に様々な性癖《せいへき》をご教示いただけて、大変参考になりました。今後ともよろしくお願いいたします。

　そして何より、ここまで読んでくださった皆様《みなさま》に、最大限の感謝を申し上げます。

　私はよくエゴサをしているので、ＳＮＳに感想を書き込んでいただけると非常に嬉《うれ》しいです。文章のどこかに本作のタイトルを入れていただけると、発見しやすいので助かります。

　それでは、２巻でまたお目にかかれることを祈《いの》っております！　２０２５年２月　岩波零《いわなみりょう》

●岩波 零著作リスト

「年下の女性教官に今日も叱っていただけた」（電撃文庫）

本書に対するご意見、ご感想をお寄せください。

ファンレターあて先
〒 102-8177　東京都千代田区富士見 2-13-3
電撃文庫編集部
「岩波 零先生」係
「TwinBox先生」係

本書は、「電撃ノベコミ+」に掲載された『年下の女性教官に今日も叱っていただけた』を加筆・修正したものです。

電撃文庫

年下《とした》の女性教官《じょせいきょうかん》に今日《きょう》も叱《しか》っていただけた

岩波《いわなみ》 零《りょう》

2025年4月10日　初版発行

発行者　山下直久
発行　株式会社KADOKAWA
〒102-8177　東京都千代田区富士見2-13-3
0570-002-301（ナビダイヤル）
装丁者　荻窪裕司（META＋MANIERA）
印刷　株式会社暁印刷
製本　株式会社暁印刷

●お問い合わせ
https://www.kadokawa.co.jp/（「お問い合わせ」へお進みください）
※内容によっては、お答えできない場合があります。
※サポートは日本国内のみとさせていただきます。
※ Japanese text only
※定価はカバーに表示してあります。

ISBN978-4-04-915503-7　C0193　Printed in Japan

電撃文庫　https://dengekibunko.jp/